Spachteln, Abschleifen, Schwamm drüber

Dieses Buch ist allen Heimwerkern dieser Welt gewidmet.

Besonders denen mit den zwei linken Händen ...

... denen mit zehn Daumen ...

... an jeder Hand ...

... ganz genau so wie der Autor.

Torsten Buchheit

Spachteln, Abschleifen, Schwamm drüber
Heiteres Heimwerkerlexikon

3. Auflage

Books on Demand GmbH, Norderstedt

Bibliografische Information der Deutschen Nationalbibliothek
Die Deutsche Nationalbibliothek verzeichnet diese Publikation in der Deutschen Nationalbibliografie; detaillierte bibliografische Daten sind im Internet über http://dnb.d-nb.de abrufbar.

Layout und Satz: Torsten Buchheit
Cover: Matthias Gerschwitz, http://www.gerschwitz.com

Herstellung und Verlag: BoD-Books on Demand, Norderstedt
ISBN 978-3-7448-7496-0

Abbeizer
Ungewöhnlich riechendes Gemisch verschiedener Chemikalien, wird verwendet um alte →Farbe von Möbeln oder Wänden zu lösen. Leider lösen sich →Pinsel und Möbelstück schon einige Minuten vor der Farbschicht auf. Wirklich wirksame Produkte fallen jedoch unter das Kriegswaffenkontrollgesetz und sind nur über das →Internet erhältlich.

Abfluss
Häufiges Ziel der Bemühungen des →Heimwerkers, da permanent verstopft. Greifen Sie (am besten in dieser bewährten Reihenfolge) zu: 1. →Pümpel, 2. →Abflussreiniger, 3. →Rohrzange, 4. (»→Mist! Schnell! Schnehell!!«) →Eimer zum Drunterstellen, 5. →Installateur.

Abflussreiniger
Gemisch aus Säure, →Dynamit und →Abbeizer. Dient zur Beseitigung von Verstopfungen im →Abfluss. Frisst sich in Sekundenschnelle an der Verstopfung vorbei durch Kunststoffrohre, Metallrohre und Titanrohre. Niemals mit anderen Haushaltschemikalien mischen, es sei denn, der →Notarztwagen steht bereit (bitte nicht direkt nebendran parken). Je nach verwendetem Produkt entstehen bei der Anwendung entweder Hitze, Gestank oder umherfliegende Teile – manchmal auch miteinander kombiniert.

Abisolierzange

→Zange zum Abstreifen der Kunststoffisolierung von Stromleitungen. Verfügt über eine →Schraube, um die Dicke des
Stromleiters einzustellen. Es gibt drei Einstellmöglichkeiten der
Schraube: 1. nicht weit genug: Die Isolierung wird nicht komplett
durchtrennt. 2. zu weit: Der Stromleiter wird durchgezwackt.
Und 3. Genau richtig: Die Stellschraube fällt raus, wenn Sie ganz
oben auf der →Leiter stehen und versuchen, die →Lampe
anzuschließen.

Abschleifen

Wenn Sie im Eifer des Gefechts zu viel →Füllspachtel aufgetragen haben, um ein falsches →Bohrloch aufzufüllen oder einen
kleinen Fehler zu kaschieren, bleibt nichts anderes, als das Ganze
wieder abzuschleifen. Greifen Sie zu →Feile, →Schleifpapier,
Schwingschleifer oder Ähnlichem, pfeifen Sie ein lustiges Lied
dazu und tun Sie so, als ob das Ganze von vornherein genauso
beabsichtigt gewesen wäre.

Abwasser

Sonderform des →Wassers. Fließt nicht nur vom Haus weg, son-
dern riecht auch viel ekliger. Deshalb berechnet Ihnen der
→Installateur beim Arbeiten mit Abwasser auch einen höheren
Stundensatz.

Akkuschrauber

Mit einem Akku betriebenes Elektrogerät zum Schrauben von
→Schrauben. Die Energie des Akkus reicht meist bis zur Hälfte
der Arbeit. Danach folgt eine Woche Ladezeit (oft sind es zwei
Wochen, weil der Reserveakku auch leer ist). Was Ihnen an
körperlicher Arbeit durch die Kraft des Elektromotors fehlt,
machen Sie durch das Heben und Tragen des für seine Größe
überraschend schweren Gerätes wieder wett.

Amboss

Schweres Gerät auf Ihrer →Werkbank, ungemein dekorativ, aber zu nichts nütze, weil Sie keine Schmiede in der →Werkstatt haben. Dient dazu, leichte und zerbrechliche Gegenstände am Wegfliegen zu hindern, indem man den Amboss drauf legt.

Arbeitsplatte

Durchgehende Arbeitsfläche in der →Einbauküche, wurde im →Baumarkt als riesig langes Stück erworben. Zum Transport nach Hause haben sich Langholzpritschenwagen bewährt. Nachdem Sie das Riesenteil in die Küche geschleppt haben, stellen Sie fest, dass es zwei Zentimeter zu kurz ist. Bei der nächsten Arbeitsplatte stellen Sie fest, dass es gar nicht so einfach ist, mit der →Stichsäge die Ausschnitte für Elektroherd und Spülbecken zu sägen (→Mist). Daher kommt der Ausspruch:

»Aller guten Dinge sind drei.« Bloß: Wohin nur mit den zwei ruinierten Platten?

Aua

Erfreuter Ausruf des →Heimwerkers bei unvermitteltem Körperkontakt zu spitzen, scharfen oder heißen Gegenständen. Gerne auch bei Kontakt des →Hammers zum →Daumen geäußert. In manchen Gegenden auch autsch, auweh oder auweia genannt. Nach Überwinden des ersten Schmerzes von Wörtern wie →Mist gefolgt.

Ausbaustufe

Ausbauzustand eines →Fertighauses, je nach Geldbeutel und Leidensfähigkeit des →Heimwerkers. Man unterscheidet sieben Ausbaustufen: Nummer sieben ist komplett fertig inklusive einer dampfenden Tasse Kaffee auf dem abgestaubten Esstisch, Nummer eins dagegen sind eintausendzweihundertvierunddreißig Baumstämme und ein Schnitzmesser. Die Wirklichkeit liegt irgendwo dazwischen: Während Stufe sieben nur für Millionäre geeignet ist, tröstet sich der nicht so gut betuchte Heimwerker damit, dass er die fehlenden Arbeiten ja im Handumdrehen erledigt hat und einem Einzug bald nichts mehr im Wege steht. Leider wird bei dieser Kalkulation oft vergessen, dass man ja dann noch zwei Jahre länger Miete zahlen muss, währenddessen man bereits am Hauskredit abzahlt.

Axt

Handbetriebenes Gerät zum Spalten von Holzstämmen, um die begehrten Scheite für den →Kaminofen zu bekommen. Das Spalten verläuft recht mühsam, so dass Sie schon warm haben, lange bevor Sie den Ofen anheizen können. Der Gedanke, dass Sie die Holzscheite erst noch aufstapeln müssen, heizt Ihnen dabei zusätzlich ein.

Backstein
1. Im Backofen hergestelltes hartes Gebäck, vorwiegend aus Backfisch, Backpulver und Backpflaumen. 2. Aus Lehm gebrannter →Stein zum Errichten einer →Mauer, auch →Ziegelstein genannt. Leider so klein, dass man sich mit Backsteinen totmauert, Profis greifen da lieber zu den größeren Steinformaten.

Baldrian
Pflanzliches, leider nur mild wirkendes Beruhigungsmittel, im Heimwerkerbereich allzu oft erforderlich. Befand sich in der jetzt leeren Flasche im →Verbandkasten.

Bauanleitung
Anleitung zum Bau eines Gegenstandes oder eines Objekts. Man unterscheidet freie Bauanleitungen, die aufgrund ihrer blumigen Vorschläge zum Bereich der Phantastischen Literatur gerechnet werden, von Bauanleitungen für Bausätze, die aufgrund der zahlreichen Abweichungen zwischen Abbildung und geliefertem Material in den Bereich Kriminalliteratur fallen.

Baumarkt
Der Traum eines jeden →Heimwerkers – und der Alptraum seiner →Ehefrau. Hier bekommt man alles: Jedes Material, jedes Werkzeug und jede Menge dumme Ideen. Meist kündigt sich das samstägliche Chaos so an: »Ich fahr mal schnell in den Baumarkt, →Schrauben holen!« Zwei Stunden und einen neuen Akkuschrauber, eine Laubsäge und zwei →Farbeimer, zwanzig

Fußbodenleisten und einen →Overall später: »Oh, →Mist, die Schrauben ...«. Leider ist in den meisten Baumärkten das Klettern in den Hochregalen verboten, und der Schlüssel des Gabelstaplers ist abgezogen, was den Einkaufsspaß doch etwas schmälert.

Baumarktprospekt

Jeden Samstag flattern mit unbarmherziger Regelmäßigkeit die Prospekte der nächstgelegenen dreißig →Baumärkte in Ihren Briefkasten. Mehrere Pfund Altpapier können so an einem einzigen Wochenende geerntet werden. Die Prospekte sind voller interessanter →Werkzeuge, voller interessanter Baumaterialien und vor allem voller interessanter Ideen für neue Heimwerkerprojekte. Deshalb steht die →Ehefrau des →Heimwerkers am Samstag schon in aller Frühe auf, um die Prospekte unauffällig durchzusehen und im Falle allzu interessanter Werkzeuge oder Heimwerkerprojekte die Prospekte diskret zu entsorgen.

Baumarktwerbung

Weil die Gefahr besteht, dass der →Heimwerker mal ein Wochenende ruht und dabei noch nicht mal an seinen Briefkasten geht, müssen die →Baumärkte ständig auch Werbung in Radio und Fernsehen machen, um den Heimwerker auf neue dumme Ideen zu bringen. Gleichzeitig unterbieten sich verschiedene Baumärkte gegenseitig im Preis, weil der Heimwerker, wenn er etwas Rabatt bekommt, ja auch gerne mal zwei bis drei Kubikmeter →Kies mehr kauft, als er eigentlich braucht. Oder von irgendeinem anderen Material. Eigentlich kauft er nach der Werbung alles. Außer Tiernahrung.

Baumaschinenverleih

Wenn beim Einkaufen im →Baumarkt die Augen des →Heimwerkers größer sind als der Geldbeutel und das ach so knappe Budget nicht für den Ankauf so elementarer Maschinen wie →Presslufthammer, Bagger oder →Betonmischer ausreicht, kann man gegen heimwerkerfreundliches Entgelt den gesamten Maschinenpark auch ausleihen. Leider. Denn mit der Zahl der Maschinen wächst auch der Unsinn, den man damit anrichten kann.

Baumaterial
Alles, was man in großer Menge im →Baumarkt kaufen und auf der →Baustelle irgendwie verwursteln kann. Traditionell ist die Menge an gekauftem und an verbautem Material niemals gleich, entweder bleibt etwas übrig und wird im →Keller gelagert, oder es ist zu wenig da. Dann wird nachgekauft, natürlich auch entweder zu viel oder zu wenig. Letztendlich haben Sie lediglich die Wahl, eine Arbeit entweder nicht zu vollenden oder das überschüssige Material irgendwo loszuwerden. Dabei hilft in letzter Zeit auch das →Internet.

Bauschaum
Montagematerial aus der Dose, sozusagen die Allzweckwaffe des →Heimwerkers. Wird an die zu verbindende Stelle gespritzt und vervielfacht sofort sein Volumen, bevor er steinhart wird. Geht dabei besonders gerne eine innige Verbindung mit Ihren Kleidern und Ihren Haaren ein. Eignet sich auch als lustiges Partyspiel: Man spritzt ein Schaumhäufchen, lässt es wachsen und rät, was das Schaumhäufchen darstellen soll. Richtige Lösung übrigens: Ein Schaumhäufchen.

Baustelle
Die professionelle Gesinnung des →Heimwerkers erkennt man daran, dass er jeden Arbeitsbereich sofort zur Baustelle erklärt. Mit der Zeit kann ein Haus ganz schön viele Baustellen haben. Nach Aussage Ihrer →Ehefrau sollte eine solche Baustelle mit Absperrband vom Resthaus abgetrennt werden – am besten gelbes Absperrband mit schwarzen Totenköpfen.

Beißzange

Spezielle Bauform einer →Zange, zum Durchtrennen von →Draht gut geeignet. Wird an den Schneiden schnell schartig, weshalb der Draht dann nicht mehr komplett durchtrennt wird (→Mist).

Besen

Mit Haaren oder Borsten versehene Vorrichtung zum Zusammenkehren von Schmutz. Wird in den Ausführungen »zu kurz« und »wacklig« produziert (Kombination nur gegen Aufpreis). Oft so grob, dass der meiste Dreck liegenbleibt oder so fein, dass alles in den Haaren hängenbleibt. Beim Zusammenkehren wird meist mehr Staub aufgewirbelt, als vorher im Raum gelegen hat – ein bis heute unerklärtes Wunder der Natur.

Besenrein

Typischer Übergabezustand von →Baustellen beim Verlassen durch den →Handwerker. Kommt vom Ausspruch: »Wenn das sauber sein soll, dann beiß ich in meinen →Besen rein!«

Beton

Nahezu überall einsetzbares Baumaterial aus →Kies, →Zement und →Wasser. Bei der Verarbeitung werden vorwiegend zwei Qualitäten verwendet: »zu flüssig«, läuft dauernd aus der →Einschalung und »zu trocken«, ist bröselig und verbindet sich nicht. Ist der Beton ausgehärtet, unterscheidet man auch zwei Qualitäten: »universal« ist weich, springt sofort unter mechanischer Belastung, kann kaum sein Eigengewicht tragen und »hochfest«, wird dort verwendet, wo später →Bohrlöcher angebracht werden sollen. Um das Anbringen von Bohrlöchern zu erschweren, wird dem Beton auch gerne noch Eisen zugegeben. Dieses Material wird dann als →Stahlbeton bezeichnet.

Bier

Herb-männliches Getränk, passt schön zur →Brotzeit und zum →Heimwerker. Je mehr Sie davon intus haben, desto schräger werden die gemauerten →Wände oder die abgesägten →Bretter. Das ist übrigens auch der Grund, warum →Handwerker während der Arbeit entgegen anders lautenden Gerüchten meist kein Bier trinken.

Bilderhaken

Spezialgerät zum Aufhänger von Bildern. Um mehrere Bilder in einer Reihe aufzuhängen, brauchen Sie nur Bilderhaken, →Hammer, →Bleistift, →Zollstock, →Wasserwaage, →Leiter und Nerven wie Drahtseile. Es gilt hier nämlich das Gesetz der Serie: Wenn der erste Bilderhaken gut sitzt, sitzen alle folgenden Bilderhaken perfekt. Nur nicht der letzte, der trifft auf →Stahlbeton.

Bit

Zum Schrauben von →Schrauben gedachter Einsatz für →Bohrmaschine oder →Akkuschrauber, aus sehr weichem, zartem Material gefertigt, deshalb nur für zwei bis drei Schraubvorgänge zu gebrauchen. Eine Sonderform sind sehr teure Bits aus speziell gehärtetem Doppel-Super-Titan-Edelstahl, die wesentlich härter als alle Schrauben dieser Welt sind. Sie werden benutzt, um die Schraubenköpfe sehr fest sitzender Schrauben zu zerstören, so dass kein →Schraubenzieher mehr greift. Für jeden Schraubentyp gibt es ein passendes Bit. Gebräuchliche Ausführungen sind zum Beispiel Schlitz, Inbus, Phillips, Pozidriv oder Torx, und die jeweils in drei bis siebenundzwanzig Größen. Das heißt in der Praxis, dass Sie nie die passende Schraube zum Bit haben. Sehr beliebt sind ganze Bit-Sets, von denen man die zwei gebräuchlichsten Bits schnell abwetzt oder verliert und mit den anderen dann zwanzig Jahre lang nichts anfangen kann.

Bleistift

Patentes Gerät zum Anbringen von kleinen Markierungen. Angeblich die russische Antwort auf die amerikanische Erfindung eines superteuren Kugelschreibers, der selbst im Weltraum unter Schwerelosigkeit schreibt. Kann genau einmal angespitzt werden und bleibt dann lebenslang zu kurz. Fällt sehr leicht zu Boden, bricht dabei ab und rollt genau unter den geometrischen Mittelpunkt des größten Möbelstückes im Raum. Gängige Ausführungen sind »stumpf«, »brüchig« oder »verlegt«. Der große Bruder des Bleistifts ist der →Zimmermannsbleistift.

Bohren

Das Anbringen von →Bohrlöchern in verschiedenen Materialien. Je teurer der Wohnzimmertisch, desto leichter lässt sich das draufliegende Werkstück durchbohren. Bohrungen in Wänden werden von Wasserleitungen oder Stromleitungen magisch angezogen. Spätestens, wenn das Wasser aus dem Bohrloch sprudelt, erinnern Sie sich daran, dass ein →Leitungssuchgerät im →Werkzeugkasten liegt.

Bohrer

Damit sich an einer →Bohrmaschine noch etwas verdienen lässt, verkauft der →Baumarkt verschiedene Bohrer als Zubehör. Es gibt zum Beispiel Steinbohrer, Stahlbohrer und →Holzbohrer. Also kann man gleich drei verschiedene Bohrersätze kaufen. Sinnigerweise sind diese Bohrer aus extrem weichem Material (zum Beispiel Gummi mit Balsaholz und Zinnauflage) und halten kaum länger als fünf Minuten durch. Deswegen gelten sie als Verschleißmaterial und lassen sich nicht mehr umtauschen.

Bohrhammer

Der große Bruder der →Schlagbohrmaschine. Mittels eines pneumatischen Schlagwerks bohren Sie durch →Stahlbeton wie durch Butter. Je nach Gerätepreis auch manchmal wie durch gefrorene Butter. Innerhalb kürzester Zeit haben Sie Ihre Wohnung in ein an Schweizer Käse erinnerndes Trümmerfeld verwandelt, in dem fußhoch der → Bohrstaub liegt.

Bohrloch

Loch, das entsteht, wenn man mit der → Bohrmaschine bohrt. Liegt immer genau zwei Millimeter neben der angezeichneten Markierung. Hat eine Affinität zu → Stahlbeton: ein Bohrloch und eine Stahlstrebe treffen sehr gerne aufeinander. Mathematiker wissen: Zwei Bohrlöcher liegen immer, drei und mehr Bohrlöcher liegen niemals genau auf einer geraden Linie.

Bohrmaschine

Elektrogerät, das eigentlich zu gar nichts nütze ist. Wird daher gerne an Weihnachten verschenkt, hauptsächlich von Ihrer Schwiegermutter (die alte → Kneifzange!), um Sie zu ärgern. Laut, aber schwach. Also: ab in den → Baumarkt und eine → Schlagbohrmaschine kaufen.

Bohrstaub

Material, das beim Bohren mit der → Bohrmaschine entsteht. Die Nummer des → Bohrers gibt gleichzeitig sowohl den Durchmesser in Millimeter, den geförderten Bohrstaub pro → Bohrloch in Pfund wie auch die Quadratmeter verdreckter Wohnungsfläche an. Besonders dekorativ ist der Bohrstaub von → Ziegelsteinen, der mit seiner roten Farbe sofort dauerhafte und unübersehbare Spuren hinterlässt, sehr chic auf weißer → Raufasertapete.

Brennholz

Bezeichnung für alle Arten von → Holz nach der Bearbeitung durch den → Heimwerker. Wird im → Kaminofen weiterverarbeitet.

Brett

Weil →Holz ja aus Bäumen hergestellt wird, Bäume aber so unhandlich sind, werden die Bäume in relativ handliche Bretter zersägt und dann im →Baumarkt verkauft. Bretter sind immer fünf Zentimeter länger als Ihr Kofferraum oder Ihr Anhänger, aber fünf Zentimeter kürzer als der Einsatzort auf der →Baustelle. Mit Hilfe von →Säge, →Hobel und →Bohrmaschine verwandeln Sie die Bretter dann zu →Brennholz.

Brotzeit

Auch Imbiss, Vesper oder Jause genannt. Kräftig-deftige Zwischenmahlzeit für den →Heimwerker, immer gerne genutzt, um die Arbeit zu unterbrechen. Besteht aus Brot, →Bier, Wurst, Bier, Senf, Bier, Käse, Bier, Frikadellen, Bier und Bier. Wird auch gerne mit Bier heruntergespült. Zum Wohle!

Chargennummer

In ganz kleiner Winzi-Winzi-Schrift auf den →Farbeimer gestempelte Nummer. Laut Hersteller sollten Farbeimer mit gleicher Chargennummer auch genau den gleichen Farbton hervorbringen. Zumindest haben Sie beim letzten Mal den Beweis angetreten, dass Farbeimer mit verschiedenen Chargennummern an der Wohnzimmerwand auch verschiedene Farbtöne hervorbringen.

Christbaumständer

Jährliche vorweihnachtliche Heimsuchung für den →Heimwerker, da der Tannenbaum erst zu sehr wackelt, dann schief steht, zum guten Schluss beides. Daher reift in Ihnen jedes Jahr in der Vorweihnachtszeit der Entschluss, im →Baumarkt endlich mal ein gescheites Teil zu kaufen. Leider reift dieser Entschluss nicht nur in Ihnen alleine. Tausende frustrierter Heimwerker stürmen kurz vor dem Fest die Baumärkte, die dann ihre alten Ladenhüter zu irrwitzigen Preisen an den Mann bringen. Zuhause angekommen, stellen Sie dann fest, dass der neue Christbaumständer keinen Deut besser ist als der alte. Deshalb nehmen Sie sich vor, im nächsten Jahr einen neuen, endlich besseren Christbaumständer zu kaufen. Daher kommt auch das bekannte Weihnachtslied »Alle Jahre wieder«.

Cutter

Auch Teppichmesser genannt, weil Sie damit im Nu Ihren →Wohnzimmerteppich ruinieren können. Extrem scharfes

→Messer (Vorsicht!) mit auswechselbarer (Vorsicht!) oder abzubrechender (Vorsicht!) Klinge. Leider wird die Klinge sehr schnell stumpf und muss dann ausgetauscht werden – der Hersteller will ja auch was dran verdienen. Übrigens: Vorsicht beim Klingentausch!

Dachausbau

Nachdem die erste Phase des Hausausbaus nach dem Einzug überstanden ist, beginnt der →Heimwerker sich schnell zu langweilen. Angestachelt durch die immer präsente Werbung des →Baumarkts, beschließt er dann in einem Anfall von geistiger Umnachtung, das Dachgeschoß auszubauen. Das Einziehen von →Wänden im →Trockenbau oder die Isolierung des Dachstuhls mit →Mineralwolle sind ja auch kein Problem. Zumindest im →Baumarktprospekt ...

Daumen

Ziel bei Arbeiten mit dem →Hammer. Trefferquote etwa 1:10, wird also einmal auf zehn Schlägen getroffen (→Aua), aber nicht bei genau jedem zehnten Schlag. Erst blass, dann rot und anschwellend. Weil es Rechtshänder und Linkshänder gibt, hat die Natur beide Hände mit je einem Daumen versehen, damit in jedem Falle auch ein Ziel getroffen werden kann. Nächstes Ziel: Der →Verbandkasten. Nach neuesten wissenschaftlichen Erkenntnissen bringt es für die Einschlagtiefe des →Nagels leider gar nichts, wenn Sie Ihren Daumen treffen.

Dekupiersäge
Spezialsäge für diffizile Feinsägearbeiten, wie zum Beispiel das Absägen Ihrer Fingerkuppen.

Doppelstegplatte
Doppelte Kunststoffplatte zum Überdachen und Verkleiden von Hauseingängen, Terrassen und Pergolen. Das geschickt konstruierte Kammersystem ermöglicht es, dass die unvermeidlich darin wachsenden Algen ausreichend Licht, Luft und Wasser bekommen, was dann auch den Sichtschutz entscheidend verbessert.

Draht
Langes, dünnes Metallstück, das sich zwar leicht in jede Richtung verbiegen lässt, aber niemals und mit keinem Aufwand je wieder gerade zu richten ist. Wenn Sie an den Draht dranfassen, der aus der Wand ragt, können Sie leicht feststellen, ob es sich um eine →Stromleitung handelt. Beim nächsten Mal nehmen Sie dann aber wieder den →Spannungsprüfer.

Drehmomentschlüssel
Schraubschlüssel, der anzeigt, mit welcher Kraft Sie gerade eine →Schraube fest- oder losschrauben. Das ist im Heimwerkerbereich zwar völlig überflüssig, eignet sich aber gut zum Angeben. Interessant und mit dem Drehmomentschlüssel direkt erlebbar ist das Phänomen, dass beim Anziehen der Schraube nur wenig Kraft erforderlich ist, aber zum Loslösen ein Vielfaches dieser Kraft.

Druckluftgerät
Gerät zum Erzeugen von Druckluft, auch Kompressor genannt. Einen richtigen Verwendungszweck hat das als →Messeneuheit erworbene Gerät nicht, aber Sie können damit die →Sägespäne in alle Himmelsrichtungen blasen.

Dübel

Zylindrisches Plastikteil, um →Schrauben in →Bohrlöchern in Wänden zu befestigen. Sieht durch zahlreiche Flossen, Schlitze und Lüftungsklappen irgendwie verwegen aus. Der professionelle →Heimwerker zeichnet sich durch eine gut sortierte Dübelsammlung aus: In übersichtlichen →Marmeladengläsern besitzt er zahllose Dübel in verschiedenen Größen, Farben und Formen. Leider ist in der Praxis der Dübel entweder größer als das Bohrloch und lässt sich nicht hineinschlagen oder er ist kleiner, so dass die Schraube keinen rechten Halt findet. Haben Sie auf Anhieb einen passenden Dübel und eine passende Schraube gefunden, war mit hoher Wahrscheinlichkeit das Bohrloch falsch angezeichnet.

Dynamit

Universell einsetzbarer Sprengstoff, zum Beispiel zum Öffnen von →Farbdosen, Lockern von festsitzenden →Schrauben oder Ablösen von →Tapeten. In größerer Menge auch zur Erleichterung von →Renovierungen, in noch größerer Menge auch zum Ersatz von →Renovierungen verwendbar.

Ehefrau

Ohne Zweifel die bessere Hälfte des →Heimwerkers. Ist auch handwerklich deutlich begabter, allerdings so clever, es ihrem Heimwerker nicht zu zeigen. Repariert hinter seinem Rücken heimlich die Gasheizung und den →Sicherungskasten, weil sie weiß, dass ein Reparaturauftrag an ihren Göttergatten sechs Wochen Kälte und Dunkelheit nach sich ziehen würde. Lobt ihren Gatten nach getaner Arbeit immer, egal wie stümperhaft er wieder einmal gearbeitet hat.

Eigentumswohnung
Die eigenen vier Wände! Endlich Gelegenheit für den →Heimwerker, seine Fähigkeiten voll auszuleben. Doch Vorsicht: Ihre nächsten drei Projekte (Einbau eines Fahrstuhls, Aufbau einer Dachterrasse und Ausheben eines Swimmingpools auf dem Parkplatz) werden vermutlich auf Widerstand bei der nächsten Eigentümerversammlung stoßen.

Eimer
Universelles Einsatzgerät für den →Heimwerker. Dient zum Transport oder zur Aufbewahrung von Materialien. Je flüssiger diese sind, desto mehr Löcher hat auch der Eimer. Feste Materialien wie →Mörtel oder →Zement neigen dazu, noch festere Verbindungen mit der Eimerwand einzugehen. Hat an der Oberseite einen sogenannten →Henkel.

Einbauküche
Küche zum festen Einbau, besteht eigentlich nur aus ein paar Schränken, die man flott mit dem →Akkuschrauber zusammenschrauben und dann an die Wand hängen kann. Eigentlich. Uneigentlich dauert das Zusammenschrauben mehrere Wochen, und es ist physikalisch unmöglich, die Hängeschränke in einer geraden Linie an die →Wand zu hängen. Von der Katastrophe mit der →Arbeitsplatte wollen wir hier lieber nicht reden.

Einschalung
Vorrichtung, um flüssigen →Beton beim Betonieren daran zu hindern, dorthin zu laufen, wo er gerade hin will. Gerne aus →Holz gezimmert, das sich dann unter der Last des eingefüllten Betons in alle Richtungen biegt, was Ihrem selbst betonierten →Mauern ein verwegenes Aussehen verleiht. Beim Abnehmen der Einschalung, dem sogenannten Ausschalen, kommt es gerne

vor, dass ein Teil des Betons an der Einschalung hängen bleibt (siehe auch →Mist). Eine einmal gebrauchte Einschalung verwandelt sich sofort in →Brennholz. Profis verwenden auch gerne →Schaltafeln.

Eisensäge

→Säge aus Eisen. Hat ein Sägeblatt, das hart genug ist, um Eisen durchzusägen. Das dauert natürlich seine Zeit. Die dabei abfallenden Eisenspäne sind lustig, weil sie mit einem →Magneten aufgesammelt werden können. Noch lustiger sind die Rostflecken, die entstehen, wenn nicht alle Eisenspäne vom →Wohnzimmerteppich abgesammelt wurden.

Elektriker

Eigentlich heißt das Elektroinstallateur, nur sagt das kein Mensch außer ihm. Sonderform des →Handwerkers, beschäftigt sich mit allen Arten des elektrischen →Stroms und den dazugehörigen elektrischen Anlagen. Verträgt durch Abhärtung und natürliche Selektion Stromschläge, die bei Ihnen sofort das Abflammen sämtlicher Körperbehaarung zur Folge hätten. Ist oft die letzte Rettung, wenn Sie mal wieder eine →Stromleitung durchgebohrt haben, weil Sie Ihr →Leitungssuchgerät nicht finden konnten.

Elektrowandroller

Beliebte →Messeneuheit, um mit Hilfe von →Farbe und elektrischem Strom eine ungeheure Sauerei auf dem →Wohnzimmerteppich zu veranstalten. Komisch, auf der →Heimwerkermesse hatte das noch viel einfacher ausgesehen. Übrigens: Die Zeit, die Sie beim →Streichen sparen, sollten Sie für den erhöhten Reinigungsaufwand des Gerätes einplanen.

Elektrowerkzeug

Weil traditionelles →Werkzeug ewig hält und oft vom Großvater zum Enkel weitergegeben wird, lässt sich damit kein großes

Geschäft machen. Deshalb wurde in den →Baumärkten das Elektrowerkzeug erfunden. Es ist 1. teuer und 2. kurzlebig, was viel höhere Umsätze verspricht. Außerdem erlaubt es, in viel kürzerer Zeit auch noch viel mehr →Baumaterial zu ruinieren, wodurch weitere Umsätze winken. Beim Elektrowerkzeug gibt es natürlich mehrere Leistungsklassen (hier nach aufsteigendem Preis geordnet): Die übliche Amateur- und Stümperklasse, die Heimwerkerklasse, die Handwerkerklasse und die Handwerkerdoppelsuperprofiklasse. Die normalen 230V-Geräte rufen übrigens nur ein müdes Gähnen hervor, wenn man für den gleichen Anwendungsbereich auch mit →Starkstrom betriebene Geräte einsetzen kann. Diese Geräte sind allerdings etwas teurer als die normalen, zum Ausgleich dafür brauchen sie mehr →Strom.

Engländer
Sammelbezeichnung für →Schraubenschlüssel mit verstellbarer Maulweite. Sehr praktisch, weil man nur noch ein Werkzeug für alle Schraubengrößen braucht. Nicht ganz so praktisch, weil man damit im Handumdrehen jede →Mutter rund dreht, falls die Maulweite nicht so ganz penibel exakt eingestellt war.

Farbdose
Blechgefäß zum Transport und zur Aufbewahrung von →Farben oder →Lacken. Nach einmaligem Gebrauch zieht sich ein Ring von Farbnasen um die Dose. Wenn die Dose nach Gebrauch wieder verschlossen wird und irgendwann noch ein zweites Mal geöffnet werden sollte, dann braucht man folgende Werkzeuge

dazu: →Kneifzange, →Kombizange, →Schraubenzieher, →Meißel, →Hammer, →Dynamit. Gelingt Ihnen die Eröffnung wider Erwarten, stellen Sie fest, dass sich die darin befindliche Farbe in eine flüssige und eine feste Phase getrennt hat, die sich aber nicht wieder zu einer streichfähigen Farbe vereinigen lassen.

Farbe
Flüssiges Material zum einheitlichen Einfärben von Materialien, wie →Pinsel, →Wohnzimmerteppich, →Latzhose und →Overall. Wird in →Farbdosen oder →Farbeimern verkauft. Läuft beim Umstoßen derselben mit Lichtgeschwindigkeit auf den teuersten Gegenstand im ganzen Raum zu, um dort in Sekundenbruchteilen zu einem festen Farbklumpen zu versteinern.

Farbeimer
Sonderfall eines →Eimers. Enthält die zum →Streichen der →Wand benötigte →Farbe. Beim Streichen verbleibt immer ein Rest Farbe im Farbeimer, damit Sie einen Grund haben, den Eimer noch einige Jahre aufzuheben. In dieser Zeit reift die Farbe (ähnlich wie Wein) zu stinkender, schimmliger oder eingetrockneter Farbe. Komplett leere Farbeimer finden niemals den Weg zum →Sperrmüll, weil Sie ja noch was Nützliches mit ihnen machen könnten, zum Beispiel neue Farbe reinfüllen. Aus einem neuen Farbeimer, beispielsweise.

Farbroller

Walzenartiges Utensil zum Auftragen von →Farbe auf große Flächen, wie zum Beispiel →Wände oder Decken. Sehr zeitsparend, da in einem Arbeitsgang sowohl die Wand mit Farbe als auch das restliche Universum einschließlich des →Heimwerkers im →Overall mit einem Sprühnebel feinster Farbtropfen versehen werden. Leider blöde zu reinigen, die verdreckte Badewanne gibt unweigerlich Ärger mit Ihrer →Ehefrau.

Feile

Universell einsetzbares Gerät zum spanabhebenden Bearbeiten von Werkstoffen, was bedeutet, dass beim Einsatz viel Dreck entsteht. Feilen gibt es in vielen Formen, rund, halbrund, flach, oval, eckig, ja sogar dreieckig, auch noch in vielen Ausführungen von ganz grob bis ultrafein und schließlich mit verschiedenfarbigen Griffen. Das ergibt schnell eine tolle Sammlung, die der Heimwerker in den →Werkzeugschrank sortiert und stolz seinen Gästen vorzeigt.

Fenster

Befestigungsmöglichkeit für →Glasscheiben, um die Sicht durch die →Mauer zu verbessern, aber die Zugluft draußen zu halten. Wird gerne unter Zuhilfenahme von →Bauschaum montiert, dessen Reste Sie vom Rahmen und von der Scheibe nicht restlos entfernen können. Alte Fenster enthielten oft ein Zielkreuz, um das Treffen mit →Brettern oder →Leitern zu verbessern.

Fertighaus

Spezielle Bauweise eines →Hauses. Das Haus wird in der Fabrik vorproduziert und auf der →Baustelle aus großen Elementen zusammengebaut. Dann ist es allerdings nicht fertig. Je nach →Ausbaustufe dauert es noch fünf bis sieben Jahre, bis dass Sie einziehen können. Prinzipiell könnten Sie aber doch einziehen und fünf bis sieben Jahre auf einer Baustelle wohnen. Der Name »Fertighaus« kommt daher, dass Sie dann völlig fertig sind.

Fertigmörtel

→Mörtel für Faule. Ist im →Baumarkt in großen Säcken erhältlich. Muss nur noch mit Wasser angerührt werden. Natürlich hat diese Bequemlichkeit ihren Preis: Ziemlich hoch. Damit aber nicht der Verdacht aufkommt, es würde mit Fertigmörtel zu einfach werden, gibt es Tausende verschiedene Sorten, zum Beispiel für →Steine, für Fundamente, für Treppen, für Fliesen und weiß der Geier für was alles. Na ja, wenn wir ehrlich sind: Es gibt Tausende verschiedener Fertigmörtelsäcke mit doch recht ähnlichem Inhalt. Üblicherweise braucht man für ein Bauvorhaben genau einen halben Sack Fertigmörtel, die andere Hälfte wird im Sack innerhalb von vier Wochen steinhart.

Fliese

Keramischer Werkstoff, wird gerne als Fußbodenbelag oder Wandbelag in Nassräumen verwendet. Theoretisch sind Fliesen sehr einfach zu verlegen, so dass schon ganze Generationen von

→Heimwerkern sich daran versucht haben: →Fliesenkleber auf-
spachteln, Fliese drauf, verfugen, fertig. Nun ja, theoretisch.
Wenn man sich nicht an den schiefen →Fugen oder an den
hervorstehenden Kanten stört. Wie kein anderes Material im
Heimwerkerbereich sind Fliesen der Mode unterworfen: in den
60ern rosa oder babyblau, in den 70ern dunkelbraun oder
dunkelgrün, in den 80ern hell mit aufwändigen Oberflächen-
strukturen und lustigen bunten Bordüren, in den 90ern riesen-
groß mit einem Meter Kantenlänge, seit 2000 geht der Trend zu
winzigkleinen Mosaikfliesen. Das zwingt Sie dazu, entweder alle
zehn Jahre Ihr Bad und Ihr WC komplett neu zu verfliesen oder
aber Ihre Gäste vor lauter Scham über Ihr altmodisches Bad zur
Verrichtung ihres Geschäftchens in den Garten zu schicken.

Fliesenkleber

Material zum Befestigen von →Fliesen. Vom Heimwerker aber
gerne als Universalklebemittel, Spachtelmasse, Allesfüller,
Montagehelfer und Mauermörtel verwendet. Weil der Fliesenkleber allseits so beliebt ist, macht der →Baumarkt das Gros
seiner Umsätze mit Fliesenkleber. Ein kleiner Tipp: Auch wenn
ein 200kg-Sack etwas billiger ist als zehn 20kg-Säcke, sollten Sie
die 20kg-Säcke kaufen. Ihr Rücken wird es Ihnen danken.

Fliesenschneidmaschine

Maschine zum rationellen Verwandeln von →Fliesen in Schutt.
Die Fliese wird eingespannt und angeritzt. Wenn sie dabei noch
nicht in tausend Stücke zerspringt, dann spätestens beim Versuch, sie entlang der Ritzkante zu brechen. Sollte es wider Erwarten gelingen, die Fliese doch wie gewünscht zuzuschneiden, fällt
genau diese Fliese Ihnen mit hoher Sicherheit aus den Fingern.

Flügelmutter

Sonderform der →Mutter. Hat zwei Flügel, damit sie mit der
Hand festgedreht oder gelockert werden kann. →Heimwerker,
die viel mit Flügelmuttern arbeiten, erkennt man deshalb an der

vermehrten Hornhautbildung an →Daumen und Zeigefinger. Unterschiedet sich optisch ganz erheblich von anderen Muttern und bekommt deshalb ein eigenes →Marmeladenglas im Regal.

Fuge
Spalt zwischen zwei →Fliesen oder →Brettern, der nie ganz exakt gerade verläuft. Wird vom →Heimwerker zur Aufnahme von Schmutz und →Bohrstaub oft etwas vertieft ausgearbeitet.

Füllspachtel
Geheimwaffe des →Heimwerkers, um falsche Bohrlöcher oder Unebenheiten aller Art zu verfüllen oder um kleine Fehler zu kaschieren. Meistens sieht das Ganze hinterher schlimmer aus als vorher. Deshalb: Alles wieder →abschleifen, Schwamm drüber.

Funken
1. Strombogen beim Schalten eines von →Strom durchflossenen Schalters (bitte nicht in der Anwesenheit von →Gas probieren).
2. Kleine glühende Partikel beim Arbeiten mit dem →Winkelschleifer auf Metall, die ein hübsches Muster auf Ihrem →Overall und Ihrem →Wohnzimmerteppich hinterlassen.

Garage
Freistehendes oder ans →Haus angebautes kleines Gebäude, das ursprünglich zur Aufnahme von Fahrzeugen konzipiert war. Jetzt leider bis zum Dach vollgestopft mit →Baumaterial, →Brennholz und →Werkzeugen. Wird nur an hohen Feiertagen

ausgeräumt, oder wenn Sie mal gerade →Spanplatten schneiden wollen und das Wohnzimmer dafür zu klein ist.

Gas

1. Brennmaterial für die →Heizung, wird vom Energieversorger durch lange Rohre angeliefert. Erfreulicherweise kann man sich nicht wie beim →Öl durch fallende oder steigende Preise verspekulieren, langfristige Verträge mit dem Energieversorger sorgen dafür, dass man das ganze Jahr gleichmäßig über den Tisch gezogen wird. Kann in Zusammenarbeit mit →Strom oder →Funken lustige Feuerwerkseffekte erzeugen. 2. Nebenprodukt der →Brotzeit, wenn das Brot außer mit Wurst auch noch mit Zwiebeln belegt war.

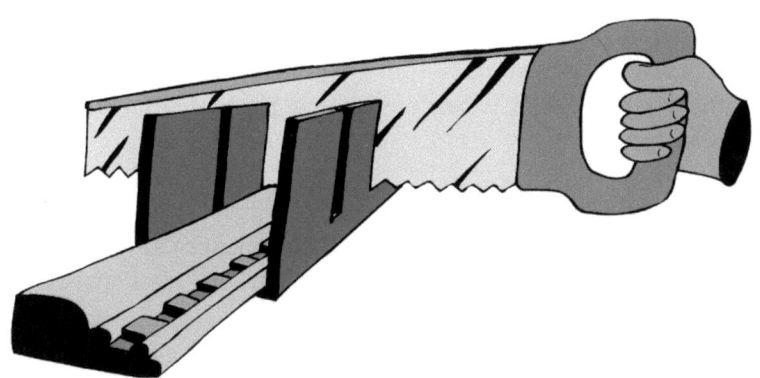

Gehrungslade

Praktische Halterung, um exakte Winkelschnitte zu sägen, zum Beispiel zum Zusammenbau von Bilderrahmen. Führt Ihnen auf sehr anschauliche Weise vor, was man beim Abmessen und Anzeichnen eines 45°-Winkels alles falsch machen kann. Statistisch gesehen ist jeder fünfte Schnitt exakt, so dass Sie am besten gleich die fünffache Menge an Material einkaufen.

Gipskartonplatten

Material zur Verkleidung von →Wänden oder Decken. Besteht aus einer Lage Gips zwischen zwei Kartonplatten. Wird normalerweise in Fußballfeldgröße hergestellt und muss auf der →Baustelle in passende Teile gebrochen werden. Dabei unterscheidet man das helle, kurze Knacken, das entsteht, wenn die Platte entlang einer vorgeritzten Bruchlinie gebrochen wird, vom dunklen, laut nachhallenden Knacken, wenn eine genau zugeschnittene Platte beim Transport an unvorhergesehener Stelle bricht.

Glas

Wunderbar elegantes Material im gesamten Heimwerkerbereich, durchsichtig, temperaturbeständig, unbrennbar, geschmacksneutral, unbegrenzt ohne Qualitätsverlust lagerfähig. Leider sehr zerbrechlich. Wie auch schon der Volksmund weiß: »Glück und Glas, wie leicht bricht das!« Halten Sie sich von Glas besser fern. Ist das nicht möglich, dann: 1. →Mist, 2. Kehrschaufel, 3. →Verbandkasten.

Glasnagel

1. →Nagel aus →Glas, bitte nur zart einschlagen. 2. Nagel zum Nageln in Glasscheiben, wenn man zum Beispiel ein Fensterbild an der Scheibe befestigen will.

Glasscheibe

Dünne Platte aus →Glas, wird gerne in Rahmen aus →Holz, Metall oder →Kunststoff eingefügt, um die Sicht in den Garten zu verbessern. Glasscheiben üben eine magische Anziehungskraft auf →Bretter, →Rohre oder →Leitern, die über der Schulter getragen werden, aus. Egal, Glasscheiben lassen sich gut recyceln.

Glühbirne

Richtiger eigentlich Glühlampe zu nennen. Besteht aus →Glas und zerspringt gerne, wenn man sie auf der →Werkbank unter den →Bohrhammer und die →Kreissäge stapelt. Der Leuchtdraht in der Glühbirne hat eine sehr beschränkte Lebensdauer, was zu häufigen Auswechseln animiert. Dabei werden Sie feststellen können, dass Glühbirnen im Betrieb recht heiß werden (siehe auch →Aua).

Hammer

Einfaches Werkzeug zum punktgenauen Ausüben von erheblicher Schlagkraft auf kleine Flächen, zum Beispiel auf Nägel, Steine oder →Daumen. Traditionell werden Hammerkopf und Hammerstiel aus verschiedenen Materialien gefertigt, um zu ermöglichen, dass sich der Hammerkopf im unpassendsten Moment vom Stiel lösen kann, um besserwisserische Zuschauer zu bestrafen (→Aua).

Handbohrer

Stromloses →Werkzeug zum Erzeugen von Handverletzungen. Findet sein Pendant im Fußbohrer.

Handwerk

Berufsstand und auch Tätigkeit der Erbringung einer Dienstleistung oder Produktfertigung. Das Sprichwort »Handwerk hat goldenen Boden« entstand nach der Lektüre der ersten →Handwerkerrechnung im Hochmittelalter. Neuere Rechnungen belegen den Trend, dass auch schon die Wände des Handwerks leicht golden schimmern.

Handwerker

Betreibt alle auch vom →Heimwerker ausgeführten Arbeiten, jedoch in einem Bruchteil der Zeit und in hoher Perfektion. Wird aber vom Heimwerker insgeheim verachtet, weil er das →Handwerk ja gelernt hat und als Beruf betreibt. Muss oft als letzte Rettung einspringen, wenn ein vom Heimwerker angefangenes Projekt in die Binsen gegangen ist. Die Unterscheidung zum Heimwerker ist ganz einfach: Der Heimwerker arbeitet samstags immer, der Handwerker nie.

Handwerkermafia

Wenn Sie verschiedene →Kostenvoranschläge bei verschiedenen →Handwerkern einholen, werden Sie feststellen, dass alle in ziemlich gleicher astronomischer Höhe liegen. Da könnte sich Ihnen ja der Verdacht auf Preisabsprachen aufdrängen. Bevor Sie diesen Verdacht allzu laut äußern, sollten Sie sich folgende Fragen stellen: Wollen Sie wirklich mal zu einem Tauchausflug eingeladen werden? Zu nächtlicher Stunde im Hafenbecken? Beide Beine in einem →Farbeimer mit →Beton? An dieser Stelle möchte ich auch meinen Dank an das Rechtsanwaltsbüro meiner letzten Handwerkerfirma aussprechen, für den freundlichen und verständnisvollen Brief, und dafür, dass die beiden Gorill... ähm, nein, »Außendienstmitarbeiter« auf weitere Besuche verzichten.

Handwerkerrechnung

Kommt Ihnen eine solche per Post ins Haus, empfiehlt sich folgendes Vorgehen nach dem 7-Punkte-Plan: 1. Hinsetzen, 2. Riechsalz bereithalten, 3. Brief öffnen, 4. VORSICHTIG lesen, 5. atmen (»Um Himmels Willen, schnell den →Notarztwagen! Er atmet nicht mehr!«), 6. langsam das Bewusstsein wiedererlangen, 7. laut rufen: »So ein Wucher! Beim nächsten Mal mache ich das aber selbst! Ich weiß ja jetzt, wie es geht!«

Hanf

Traditionell verwendetes Dichtmaterial aus langen Fasern bei der Verschraubung von Rohrgewinden. Wenn Sie sich dazu entschließen, mal Ihre →Wasserrohre selbst zu reparieren, brauchen Sie dazu nur etwas Hanf, den Sie in die Verschraubung einklemmen, und schon können Sie bestaunen, wie die Wassertropfen an den Hanffasern herunterrinnen.

Haus

Neben der →Wohnung der Hauptschauplatz aller vom →Heimwerker (siehe Abbildung auf dieser Seite) begangenen Untaten, gleichzeitig oftmals auch das Ziel derselben. Merke: Das Haus eines Heimwerkers ist niemals (NIEMALS!) fertig. Es gibt immer irgendetwas zu tun. Und falls nicht, gibt es ja noch die Werbung vom →Baumarkt.

Heimwerker

Der heimliche Held dieses Lexikons. Ärgert sich über die hohen →Handwerkerrechnungen, sieht den →Handwerkern bei der Arbeit zu, denkt »Das kann ich auch!«, besorgt sich das Material im →Baumarkt und werkelt drauf los. Stichwort: Do it yourself! Jetzt gibt es recht unterschiedliche Typen: Auf der einen Seite absolute Perfektionisten, die alles Hundertzwanzigprozentig (in entsprechender Zeit, Projektdauer wenige Jahre) machen wollen, auf der anderen Seite aber auch etwas ungeschickte Zeitgenossen, die zwei linke Hände mit zehn Daumen (an jeder

Hand) haben und in unglaublich kurzer Zeit →Werkzeug und Material ruinieren, wobei sie gleichzeitig den Inhalt des →Verbandkastens aufbrauchen.

Heimwerkergerüst
Aus Aluminium gefertigtes, leichtes und doch wackeliges Gerüst zum Arbeiten in großer Höhe. Wäre nach der Arbeit platzsparend zu zerlegen, wenn Sie nicht beim Aufstellen die Sicherungsschrauben hoffnungslos überdreht hätten.

Heimwerkerlexikon
Wertvolles Lexikon, in dem der →Heimwerker detaillierte Erklärungen zu vielen technischen Geräten und Vorgängen rund um →Haus findet. Aber Vorsicht: Es gibt seriöse Werke, aus denen Sie echt etwas lernen können, leider aber auch solche Machwerke wie dieses, das Sie gerade in den Händen halten und das Ihnen wirklich und wahrhaftig keinen Strich weiterhilft.

Heimwerkermesse

Ausstellung, auf der der →Heimwerker auf lauter dumme Ideen gebracht wird, was er daheim noch alles umbauen könnte. Hier werden Ihnen auch die beliebten →Messeneuheiten angedreht.

Heißklebepistole

Elektrisches Gerät zum Braten von Klebstoffstäbchen. Nach halbstündiger Aufwärmzeit beginnt kochendheißer Klebstoff aus der Klebepistole zu tropfen, der sich mit Ihrem →Wohnzimmerteppich in Sekundenschnelle unlösbar verbindet. An anderen Materialien leider nur von geringer Klebkraft.

Heizkörper

Im Prinzip jeder unregelmäßig geformte Körper, der bereit oder blöd genug ist, sich von warmem Wasser durchströmen zu lassen. Wichtige Merkmale: 1. Sehr hohes Gewicht, um die Montage am Bau zu behindern. 2. Unregelmäßige Oberfläche, um →Streichen und Reinigung zu behindern. 3. Undichte Schraubverbindungen, weil das warme Wasser drin auch mal an die frische →Luft will.

Heizung

Vorrichtung zum Erzeugen von Wärme, vorzugsweise Warmluft und Warmwasser. Wird oft mit →Öl, →Gas, →Holz, →Dynamit oder anderen brennbaren Stoffen betrieben. Jetzt wird Ihnen auch schlagartig klar, warum im letzten Jahr Ihr Konzept einer Erdwärmeheizung scheiterte: Die blöde Erde wollte einfach nicht brennen.

Henkel

Weiches, biegsames und nachgiebiges Teil zum Anfassen eines →Eimers oder eines →Farbeimers. Die Tragkraft des Henkels ist indirekt proportional zur Füllmenge: Der Henkel eines leeren Eimers reißt fast nie, der eines vollen Eimers fast immer.

Hobel

Altertümliches Gerät zum Abheben von Spänen von →Brettern, um diese zu glätten. Das Hobeln ist nicht ganz so leicht, wie es aussieht: Entweder es lösen sich keine Späne, oder der Hobel verbeißt sich so tief ins Brett, dass es ruiniert ist. Siehe auch →Brennholz. Die moderne Form ist der Elektrohobel, er spart bei der Verwandlung von Brettern zu →Sägemehl viel, viel Zeit.

Hochdruckreiniger

Hochprofessionelles Reinigungsgerät, mit dessen Hilfe Sie den Dreck von der Terrasse wegblasen und in einem Arbeitsgang gleichmäßig über die Hausfassade verteilen können. Auch gut zum Ablösen von →Tapeten, vorausgesetzt, Sie wollen den Putz mit entfernen.

Holz

Universell einsetzbares Baumaterial, vom →Heimwerker sehr geschätzt, weil es sich leicht bearbeiten und nach fehlerhafter Bearbeitung diskret im →Kaminofen entsorgen lässt. Kann genagelt oder geschraubt, gesägt oder gebohrt, geschliffen oder gehobelt werden und ist somit Lieferant der begehrten →Sägespäne. Wenn Sie einem →Heimwerker mal eine Freude machen wollen: Bringen Sie ihm eine ordentliche Ladung Holz mit, er wird Verwendung dafür haben.

Holzbohrer

Spezieller →Bohrer zum Bohren in →Holz. Hat in der Mitte einen Zentrierdorn, damit man beim Bohren nicht abrutscht. Holzbohrer werden beim Holzbohren so abartig heiß, dass schnell Rauch aufsteigt. Aber dafür fallen weniger Bohrspäne an, weil das meiste gleich verbrennt. Holzbohrer brauchen daher vor dem Wechseln eine Abkühlpause (→Aua).

Holzdübel

Kleines rundes Holzstäbchen zum Verbinden von Holzteilen, zum Beispiel bei →Selbstbauregalen. Liegt dem Bausatz bei, aber nicht in der benötigten Stückzahl. Beim Nachkaufen im →Baumarkt erfahren Sie, dass Länge und Durchmesser keinerlei Normung unterliegen. Beim anschließenden Nachhelfen mit dem →Hammer erfahren Sie dann, dass man eine vorgebohrte Holzplatte mit Hilfe eines etwas zu großen Holzdübels in genau zwei Teile sprengen kann.

Holzleim

Weißer, angenehm riechender →Klebstoff zum Verbinden von Werkstücken aus →Holz. Braucht ein bis zwei Tage zum Abbinden (außer an Ihren Fingern oder auf Ihrem Pullover). Ist sehr ergiebig, mit wenigen Tropfen kann man das ganze Wohnzimmer ruinieren.

Holzspalter

Elektrisches Gerät zum Spalten von Holzstämmen, um die begehrten Scheite für den →Kaminofen zu bekommen. Das Spalten verläuft nun endlich mühelos und macht sogar richtig Freude (zumindest solange, bis Sie merken, dass Sie das ganze Zeug noch aufstapeln müssen). Leider liegt der Preis des Holzspalters geringfügig höher als der Preis des ofenfertig gespaltenen Brennholzes für die nächsten zwanzig Jahre.

Holzsplitter

Unvermeidliches Nebenprodukt bei allen Arbeiten mit →Holz. Findet immer den Weg in Ihren Finger. Findet dann aber schwer wieder raus. Als Sie beim letzten Mal die →Pinzette nicht finden konnten, fanden die Jungs vom →Notarztwagen den Einsatzgrund gar nicht witzig. Gut, dass Sie noch etwas →Bier im →Keller hatten.

Holzwurm

Gefürchteter Schädling. Ernährt sich von →Holz. Allerdings bohrt er seine Löcher nur in gut sichtbare Oberflächen, die schön aussehen sollten, oder versteckt in Holzteile mit tragender Funktion. Komisch, bevor Sie das letzte Mal auf Ihre Holzleiter kletterten, konnten Sie kein einziges Holzwurmloch entdecken ...

Hund

Der liebste Begleiter des →Heimwerkers. Treu, zuverlässig und ehrlich. Widerspricht auch in technischen Fragen nie. Kann abgerichtet werden, →Werkzeug zu apportieren. Verwechselt aber immer normalen und Kreuzschlitzschraubenzieher und ist daher keine echte Hilfe. Zeigt seine Freude durch heftiges Schwanzwedeln an, was oft schon den →Farbeimer vom Stuhl geworfen hat.

Installateur

Sonderform des →Handwerkers, befasst sich mit →Wasser, →Abwasser, →Gas und →Heizung, also alles Gebiete, auf denen Sie als ambitionierter →Heimwerker schnell viel Schaden

anrichten können. Weiß daher auch ganz genau um seinen Wert, besonders beim Schreiben von →Handwerkerrechnungen.

Internet
Durch den Fortschritt der Technik hat nun fast jeder →Heimwerker Anschluss ans Internet. Und im Internet gibt es alles. Leider. Man kann über Internethandelshäuser →Werkzeug oder →Baumaterial kaufen, es daheim ruinieren, die Fotos seines Projektes schnell noch ins Internet hochladen und dann die Reste über das gleiche Handelshaus verkaufen. Mit gewissem Verlust, versteht sich. Und das sogar mehrmals täglich. Außerdem gilt das Internet auch als Lieferant dummer Ideen für neue abstruse Heimwerkerprojekte. Soziale Medien, Webseiten von →Baumärkten, Internetforen, Newsgroups und dergleichen mehr garantieren einen nicht endenwollenden Strom an wahnwitzigen Einfällen.

Japanspachtel
Rechteckige Spachtel mit Kunststoffschutz als Griff, benutzt zum Glätten kleiner Unebenheiten im Verputz. Rostet sehr leicht und hinterlässt dann auch streifenförmige Rostspuren auf der Wand.

Jodtinktur
Altertümliches Desinfektionsmittel, wurde wegen gefährlicher Nebenwirkungen schon lange aus dem Handel genommen. Da Sie das aber nicht wussten, befinden sich Restbestände dieses Teufelszeugs immer noch in Ihrem →Verbandkasten und warten darauf, Ihnen den Garaus zu machen.

Kabeltrommel

Große Rolle, auf der das Verlängerungskabel für Elektrogeräte wie →Bohrhammer oder →Hochdruckreiniger aufgerollt wird. Quietscht mangels →Öls beim Abrollen genau wie beim Aufrollen des Kabels. Komischerweise wird das Kabel beim Abrollen immer dicker, so dass es beim Aufrollen nicht mehr auf die gleiche Kabeltrommel passt. Wenn es beim Aufrollen schnell gehen soll, springen regelmäßig Kabelwicklungen ab und verheddern sich in der Achse der Kabeltrommel.

Kaminofen

Im Wohnzimmer stehender →Ofen, hinter dessen Scheibe ein lustiges Feuer brennt. Gerade Ihre →Katze weiß die behagliche Wärme des Holzfeuers zu schätzen. Sehr nützlich, um alle falsch abgeschnittenen Holzstücke diskret verschwinden zu lassen. Gibt dem Raum etwas Gemütliches und sorgt durch Funkenflug für neue Flecken auf dem →Wohnzimmerteppich.

Katze

Des Heimwerkers liebstes Kleingetier. Ist stets die Erste, wenn es gilt, durch die frische Farbe zu tappen und die Farbspuren im ganzen Haus zu verteilen. Spielt gerne mit beweglichen Kleinteilen wie →Nüssen oder →Sicherungen und kann diese erstaunlich weit wegtätzeln.

Keller

Unter dem Haus gelegene Räumlichkeiten, gleich nach dem Einzug vom →Heimwerker als Materiallager in Beschlag genommen. Ort erbitterter Grabenkämpfe zwischen Ihnen und Ihrer →Ehefrau, die dort so profane Dinge wie Einmachgläser oder Erbsendosen lagern möchte. Als ob es nicht schon schlimm genug gewesen war, einen Raum als Waschküche zu verlieren.

Kellerausbau

Wenn das Häuschen halbwegs abbezahlt und alle →Baustellen halbwegs fertiggestellt sind, fängt der →Heimwerke gerne an, sich etwas zu langweilen. Das ist die Gelegenheit, den →Keller auszubauen. Eine Badelandschaft mit →Sauna und Whirlpool, ein zünftiger →Partykeller mit fetter Stereoanlage, Theke, Bierzapfanlage und Tanzfläche und endlich eine größere →Werkstatt. Hätten Sie nur mal vorher daran gedacht! Dann hätten Sie Ihren Keller unterkellert.

Kerze

Unverzichtbarer Begleiter bei allen Arbeiten am Stromleitungsnetz, wie beim Anschließen von →Lampen oder beim Wechseln von →Lüsterklemmen. Sollte dagegen bei Arbeiten an der mit →Gas betriebenen →Heizung besser nicht verwendet werden.

Kettensäge

Motorbetriebene Säge zum Kleinsägen von Baumstämmen, um →Brennholz für den →Kaminofen zu erhalten. Nachdem Sie bei Ihrer Elektrosäge rasch das Kabel durchgesägt hatten, haben Sie sich nun diese benzingetriebene Kettensäge gekauft. Sie hat zwar eine hohe Schnittleistung, verweigert aber seit Wochen beständig das Anspringen. Deshalb haben sich Ihre →Kinder die Säge ausgeliehen, um den Film »Das Kettensägenmassaker Teil III« nachzuspielen. Komisch, bei Ihren Kindern springt die Säge immer sofort an ...

Kies

Gemisch aus weißem Sand und Kieselsteinen. Wird normalerweise kubikmeterweise verkauft und vom Lastwagenfahrer des →Baumarktes in die Einfahrt Ihrer →Garage gekippt, während das Auto noch in der Garage steht. Wird zum Mischen von →Beton verwendet, wobei entweder ein halber Kubikmeter zu viel oder ein Eimer zu wenig da ist.

Kinder

Des →Heimwerkers ganzer Stolz, sollen sie doch mal sein Werk fortsetzen. Interessieren sich leider nicht so sehr für das Handwerkliche, außer wenn gerade was nicht funktioniert und sich die Gelegenheit bietet, mal ein paar deftige Worte aufzuschnappen (→Mist). Schleppen gerne →Scheren, →Messer, →Pinzetten und →Zangen fort, um Puppenklinik zu spielen oder lustige Muster in die Vorhänge zu schneiden. Stehen im Verdacht, den →Hund so abgerichtet zu haben, dass er immer den falschen →Schraubenzieher bringt.

Kitt

Füllmaterial von seltsamer Farbe, seltsamem Geruch und seltsamem Geschmack, wird seit Jahrhunderten (ach so, daher kommt der Geschmack!) benutzt, um →Glasscheiben in einem →Fenster zu befestigen. Härtet an der Luft mit der Zeit aus und wird bröselig, so dass die Scheibe undicht wird oder rausfällt. Dann muss sie neu eingekittet werden. Dummerweise haben Sie den übriggebliebenen Kitt nicht unter Luftabschluss aufbewahrt, so dass der ebenfalls bröselig geworden ist.

Klebeband

Selbstklebendes Band, auf Rollen aufgewickelt. Beim Einsatz kommt es zu folgenden Phänomenen: 1. Der Anfang des Klebebandes lässt sich nicht finden. 2. Das Klebeband lässt sich nicht abreißen, und die →Schere liegt ganz unten auf der →Werkbank. 3. Das Klebeband klebt an Ihren Fingern, an Ihren Haaren und an Ihrer →Latzhose, aber nicht am zu beklebenden Material. Sollten weder 1., 2. noch 3. auftreten, liegt ein Produktionsfehler vor. In diesem Falle können Sie das Klebeband im →Baumarkt umtauschen.

Klebstoff

Sammelbegriff für alle Materialien, die zum Verbinden von Werkstoffen gedacht sind, aber an der Außenseite der Tube, an Ihren Fingern und an Ihrem →Overall besser halten als irgendwo anders. Je schwieriger die Einzelteile in Position zu halten sind, desto länger ist die Abbindedauer. Wenn Sie auf einem Fuß ganz oben auf der →Leiter stehen, das Werkstück mit einer Hand an die Decke halten und mit der anderen Hand einen Medizinball jonglieren, dann dauert es selbst bei →Sekundenkleber mindestens eine halbe Stunde, bis das Teil festsitzt.

Kleistermaschine

Beliebte →Messeneuheit, erlaubt das kleckerfreie Einkleistern von →Tapeten. Zumindest auf der →Heimwerkermesse. Bei Ihnen daheim reißt die Tapetenrolle dauernd, und der Kleister tropft dauernd aus dem Gerät. Außerdem haben Sie den Trick noch nicht heraus, wie man Tapeten gleichzeitig einkleistert, auf die richtige Länge bringt und an die →Wand wirft.

Kneifzange

Unfeiner Ausdruck für die Schwiegermutter des →Heimwerkers, nur hinter ihrem Rücken gebraucht. Eigentlich hat sie den Ausdruck ja gar nicht verdient, die Kritik an Ihrer Tapezierkunst war berechtigt.

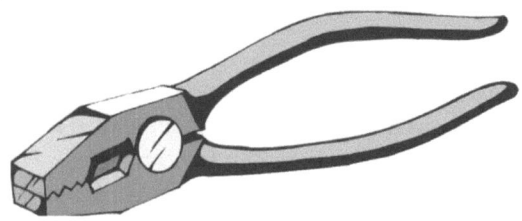

Kombizange

→Zange, die Sie aus dem Bordwerkzeugsatz eines Kombis geklaut haben. Darf daher definitionsgemäß nicht bei Limousinen, Cabrios oder Coupés verwendet werden.

Kostenvoranschlag

Dem Bereich Märchen und Fantasy zuordenbare Dichtkunst, in dem erzählt wird, was einer, der vielleicht irgendwelche Leistungen von →Handwerkern entgegennehmen möchte, einmal unter sonderbaren Umständen eventuell bezahlen könnte. Wie Sie leicht feststellen können, halten Kostenvoranschläge einer mathematischen Überprüfung niemals stand. Außerdem hält sich hartnäckig das Gerücht, dass →Handwerkerrechnungen nicht bezahlt werden müssen, wenn die Endsumme mit dem Kostenvoranschlag übereinstimmt. Schon allein aus diesem Grund müssten Sie wissen, dass Ihnen ein Kostenvoranschlag nur einen einzigen Betrag nennen kann: Den, der später garantiert nicht auf der Rechnung steht.

Kreissäge

Elektrosäge mit rotierendem Sägeblatt. Sollte aufgrund des Betriebsgeräusches besser Kreischsäge heißen. Beim Schneiden von →Spanplatten verlassen Sie aufgrund physikalischer Widrigkeiten oder aufgrund von zu viel →Bier bei der →Brotzeit gerne die vorgezeichnete Sägelinie. Eine Abweichung von einem Zentimeter pro Meter ist gerade noch tolerabel. Heimwerkertipp: →Zollstock vor dem Sägen vom Werkstück nehmen!

Kreuzschlitzschraube

Der Fluch des →Heimwerkers. Meistens haben Sie den falschen →Schraubenzieher oder ein →Bit in der falschen Größe zur Hand: Beim Versuch, die Schraube zu lösen oder festzuziehen, geben die Sollbruchstellen der Grate des Schraubenkopfes nach, und die ursprünglich kreuzförmige Vertiefung wird kreisrund. Siehe auch: →Mist.

Kunststoff

Ähnlich wie →Holz zu bearbeitendes Material. Beim →Heimwerker aber nicht so beliebt, denn: Fehlschnitte oder auf sonstige Weise ruiniertes Material können Sie nicht wie gewohnt im →Kaminofen entsorgen.

Lack

Eine Art →Farbe, jedoch mit anderen Lösemitteln versehen, damit der →Baumarkt mehrere Arten von →Pinselreiniger verkaufen kann. Sieht aus wie Farbe, riecht jedoch anders und schmeckt auch anders. Gemäß der Aufschrift auf dem Etikett und der anschließenden Auskunft der Giftnotrufzentrale auch viel giftiger als Farbe.

Laminat

Neuartiger Belag für den Fußboden. Besteht aber nicht aus →Holz, weshalb Sie schief abgeschnittene Stücke nicht wie üblich unauffällig im →Kaminofen entsorgen können. Sieht gut aus, ist relativ einfach zu verlegen und ist nahezu unzerstörbar. Leider. Den 50 Quadratmeter großen Laminatfußboden im Wohnzimmer bekommen Sie im ganzen Leben nie wieder raus.

Lampe

Strombetriebener Leuchtkörper. Ganz einfach ans Stromnetz anzuschließen: → Sicherung raus, →Lüsterklemme her, →Leiter rauf, Plus auf Plus, Minus auf Minus, Leiter runter, Sicherung rein, Licht an, Peng, →Mist, neue Sicherung kaufen.

Laser

Lichtprojektor, um gerade Linien zu ziehen oder exakte Höhenmessungen vorzunehmen. Das ist aber langweilig. Wenn man zwei Laser hat, kann man »Krieg der Sterne« nachspielen. Oder die →Katze ärgern.

Latzhose

Wer als Heimwerker professionell daherkommen will, braucht auch die entsprechende Bekleidung, mit der er beim Einkaufen im →Baumarkt nicht als blutiger Anfänger dastehen will. Daher brauchen Sie eine zünftige Latzhose, vorzugsweise in dunkelblau, dunkelgrau oder dunkelgrün. Sie muss drei Nummern zu groß sein und an den Beinen etwa zwanzig verschiedene Werkzeugtaschen haben, damit der →Werkzeuggürtel nicht überlastet wird.

Laubsäge

Gerne als Kinderspielzeug verkanntes Gerät zum exakten Sägen von Kurvenlinien in dünnen Holzbrettern. Gerätetypisch ist der hohe Verbrauch an Sägeblättern, etwa ein Blatt pro Minute. Wenn Sie aus Bequemlichkeit den Laubsägetisch nicht benutzen, verzieren Sie beim Sägen in einem Arbeitsgang auch die Seitenkante des Esszimmertisches mit einem charakteristischen senkrechten Linienmuster.

Leiter

Vorrichtung mit Sprossen zum Hinaufsteigen, dient zum Arbeiten in großer Höhe. Beliebt sind Klappleitern, die allerdings immer noch einen Ruck machen, wenn man sich auf die oberste Stufe stellt. Auch nicht schlecht sind Anlehnleitern, die man aber gegen Abrutschen sichern sollte, am besten mit einem →Brett, das man auf den Fußboden nagelt. Generell gilt: Je höher die Leiter, desto schlimmer die Verletzung (außer man fällt gleich von der untersten Stufe).

Leitungssuchgerät

Gerät zum Auffinden von Wasserleitungen, Stromleitungen oder Stahlträger in Wänden. Teurere Geräte zeigen sogar an, ob es sich um eine Strom- oder eine Wasserleitung handelt. Leider sind die Geräte nicht zuverlässig. Durch den eingebauten Zufallsgenerator geht jede dritte Messung fehl. Am besten, Sie bohren gleich wild drauf los, meistens geht es ja doch schief.

48

Linksgewinde

Normalerweise dreht man →Schrauben oder →Muttern im Uhrzeigersinn fest. Wie gesagt: normalerweise. Bis irgendwann ein Scherzbold Schrauben mit Linksgewinde erdacht hat: die werden genau andersherum festgedreht. Und auch andersherum gelockert. Irgendwo in einem Werkstück versteckt sich immer eine Schraube mit Linksgewinde, das merken Sie aber erst, wenn Sie beim Versuch, die Schraube zu lockern, den Schraubenkopf abgerissen haben.

Lüsterklemme

Verbindungsteil, um →Lampen an stromführende Drähte anzuschließen. Besteht aus kleinen Schraubklemmen mit Kunststoffummantelung. Wenn Sie ganz oben auf der →Leiter stehen, gehen Ihnen gerne die winzigen, zierlichen Schräubchen verloren, die Sie in einem Anfall von geistiger Umnachtung einen winzigen Tick zu weit herausgedreht hatten.

Luft

Wichtiger Betriebsstoff von →Kaminofen, →Heizung und →Presslufthammer. Kann durch →Bohrstaub oder →Gas (2) in der Qualität beeinträchtigt werden.

Lufthaken

Mitunter auch Luftanker genannt. Wird zum Befestigen von schweren Lasten gebraucht, wenn die normalen Befestigungsmöglichkeiten nicht ausreichen, zum Beispiel bei zu kleinem →Dübel, bei zu schwacher →Schraube oder bei fehlender →Wand. Wird von einer weltbekannten und ausgesprochen namhaften deutschen Firma hergestellt, die aus verständlichen Gründen hier nicht genannt werden will. Die Firma fängt mit einem Buchstaben an, der hier auch nicht genannt werden will. Na ja, Sie wissen schon, um welche Firma es sich handelt.

Magnet

Eisenstück, das wiederum Eisen anzieht (auch Nickel und Kobalt, die aber in der Werkstatt nicht so massenweise rumliegen). Mit dem Magneten lassen sich lustige Sachen machen, wie zum Beispiel an Eisenschränke werfen oder Eisenspäne aufsammeln. Leider gibt es noch keinen Trick, wie Sie die ganzen Eisenspäne wieder vom Magneten abkriegen.

Marmeladenglas

Wichtigstes Ordnungsutensil des →Heimwerkers, dient zum Aufbewahren und Sortieren von Teilen, die kleiner sind als das Marmeladenglas. Richtig beeindruckend wirken erst ganze Sammlungen von Marmeladengläsern, die im →Werkkeller aufgereiht sind, mit thematisch und farblich geordnetem Inhalt. Leider wird die Schönheit des Arrangements dadurch beeinträchtigt, dass Ihre →Kinder endlich mal eine andere Sorte Marmelade essen wollten und nicht immer nur die gleiche. Jetzt haben Sie lauter unterschiedliche Gläser im Keller. →Mist.

Marmor

Ausgesprochen edles und entsprechend teures Material für Fensterbänke oder als Ersatz für →Fliesen. Gibt es neuerdings auch im →Baumarkt, was Sie zu dem Fehlschluss verleitete, dass es auch für den →Heimwerker geeignet wäre. Ist nicht nur sehr schwer, sondern auch sehr schwer zu bearbeiten, besonders, wenn man es sich in der falschen Länge hat zuschneiden lassen.

Mauer
siehe →Wand

Mauern
Das Auftürmen von →Steinen mit →Mörtel zu einer senkrechten Wand. Eigentlich zu einer annähernd senkrechten Wand. Die angewandte Geometrie sagt: »Je höher die Wand, desto größer die Schräge«. Die Schwerkraft sagt: »Warte nur, ein kleines Bisschen mehr Schräge noch ...« Und die Ehefrau sagt: »Ich hab's dir ja gleich gesagt!«

Messeneuheit
Sammelbezeichnung für alle Geräte, die neu und völlig nutzlos sind. Werden auf der →Heimwerkermesse von Marktschreiern in den höchsten Tönen gelobt, so dass Sie sich rasch fragen, wie sie bisher ohne das Gerät leben und arbeiten konnten. Im Nachhinein stellt sich heraus, dass die Messeneuheit zwar nichts taugt, aber auch von so schlechter Haltbarkeit ist, dass Sie sie rasch wieder entsorgen können, um Platz für die nächste Messeneuheit zu schaffen. Messeneuheiten werden auch gerne über →Shoppingsender im Fernseher vertrieben, dann aber zu höheren Preisen.

Messer
Scharfer Gegenstand zum Schneiden von Gegenständen wie →Holz, →Zimmermannsbleistiften, →Brotzeit oder →Latzhosen. Büßt beim Schneiden an Schärfe ein, was Ihnen aber sehr willkommen ist, da Sie die schlechte Angewohnheit haben, Ihr Messer immer auf der Wohnzimmercouch liegen zu lassen.

Mietwohnung
Wohn- und Schaffensort des →Heimwerkers. Gibt ihm unzählige Möglichkeiten der kreativen Betätigung. Einen kleinen Pferdefuß hat die ganze Sache: Die Wohnung muss beim Auszug im gleichen Zustand wie beim Einzug sein. Aber wo um Himmels

Willen bekommen Sie noch rosafarbene 6oer-Jahre-Fliesen, völlig vergilbte Karotapeten und einen abgeschabten →Teppichboden mit Blumenmuster her?

Mineralwolle
Dämmmaterial aus Glasfasern oder aus Steinfasern. Gibt es als Rollen, als Platten oder lose. Einsatz beim Ausbau von Häusern als Wandfüllung oder beim Dachausbau. Geruchlos, geschmacklos, unbrennbar. Bei der Verarbeitung anfangs überraschend weich. Zerbröselt dann aber in kleine und kleinste Faserchen, die zwangsläufig ihren Weg in Ihre Unterwäsche finden und Sie den ganzen Tag höllisch jucken, hauptsächlich an Stellen, an denen Sie sich nicht kratzen können.

Mist
Auf Bauernhöfen mit Tierhaltung in großen Mengen anfallender organischer Dünger, wertvoll aufgrund des hohen Stickstoffgehaltes. Harmlosester all der Kraftausdrücke, die der →Heimwerker bei der Arbeit gebraucht. Tja, liebe →Kinder, wenn Ihr Euch dieses Buch ausgeliehen habt, um herauszufinden, was all die Worte bedeuten, die Euer lieber Papi beim Arbeiten gebraucht: Pech gehabt. Schlimmere Ausdrücke werden nicht erklärt, weil sonst Eure Mami dieses →Heimwerkerlexikon unauffällig im →Kaminofen entsorgt.

Mörtel
Gemisch von →Sand, →Zement oder Kalk und →Wasser. Auch Speis genannt. Wird zum →Mauern oder →Verputzen gebraucht. Anfänger sollten zunächst einmal auf den Zusatz von Zement verzichten, weil die ersten Versuche, eine Mauer zu errichten, sowieso kläglich scheitern und sich dann die falsch gesetzten

Steine leichter voneinander lösen lassen. Wer zum Mischen der Mörtelbestandteile zu bequem ist, kauft sich →Fertigmörtel im →Baumarkt.

Motorsäge

Motorbetriebene Sägenform, sägt mit Hilfe einer zahnbewehrten Kette. Wird deshalb gerne auch als →Kettensäge bezeichnet. Die Zeit, die bei Motorsägen durch das schnelle Schneiden gewonnen wird, geht bei benzingetriebenen Motorsägen für das Anlassen und bei elektrischen Motorsägen für das Flicken des versehentlich durchtrennten Stromkabels drauf.

Multischleifer

Spezialausdruck für →Schwingschleifer, die ganz besonders viel →Schleifpapier verbrauchen.

Mutter

Meist sechskantförmiges Metallteil mit Innengewinde, dient als Gegenstück zu einer →Schraube. Je höher der Standplatz des Heimwerkers, desto weiter rollt auch die heruntergefallene Mutter. Stehen Sie auf einer →Leiter, dann verlässt die heruntergefallene Mutter sogar das Bundesland. Wenn Sie Ersatz brauchen: Im →Baumarkt gibt es Muttern in vielen verschiedenen Größen. Sogar in sehr vielen. Übrigens: Muttern werden niemals einzeln verkauft, sondern mal mindestens kiloweise. Deshalb unterscheidet man →Heimwerker mit Perfektionswahn, die Muttern der Größe nach sortiert in leeren →Marmeladengläsern aufbewahren, von Heimwerkern mit Sinn fürs Praktische, die Muttern aller Größen zusammen in einem leeren →Farbeimer aufbewahren.

Nagel

Drahtstift mit flachgehämmertem Kopf und zugespitztem Ende, dient zum Zusammennageln von →Brettern oder zur Befestigung in →Wänden. Verbiegt sich nach ein bis zwei Schlägen mit dem →Hammer unweigerlich, bis er krumm wie ein Fragezeichen ist. Wenn er aber einmal krumm ist, kann er mit keinem technischen Gerät der Welt jemals wieder gerade gerichtet werden. Besonders gefürchtet sind Nägel, bei denen sich beim vorletzten Schlag der Kopf umbiegt und unwiderruflich auf der Seite liegend im →Holz verschwindet. Den letzten Schlag können Sie sich dann getrost sparen.

Notarztwagen

Bei gewissen waghalsigen Unternehmungen mit →Gas, →Strom, →Leitern, →Dynamit oder diversen mechanischen oder elektrischen →Werkzeugen wie →Kreissägen oder →Kettensägen können hässliche Unfälle passieren. Schnell hat man einen blauen Fleck, es spritzt das Blut oder ein Bein ist abgetrennt. Hier sollten Sie nicht zögern, professionelle Hilfe in Anspruch zu nehmen. Die freundlichen Männer in Orange kommen immer gerne vorbei, zählen →Heimwerker doch zu ihren besten Kunden. Auf die Dauer wird es mit Zehnerkarten billiger.

Nuss

1. Einer der Hauptbestandteile der beliebten Trauben-Nuss-Schokolade.

2. Werkzeugaufsatz auf einen Steckschlüssel zum Lösen von Schrauben. Für jede Schraubengröße braucht man eine eigene Nuss. Nüsse sind rund und rollen daher sehr gerne weite Strecken, wenn sie mal zu Boden fallen. Fällt ein ganzer Steckschlüsselsatz zu Boden, rollt jede Nuss in eine andere Richtung.

Ofen

Wenn die Menge des zu entsorgenden→ Holzes zu groß für den →Kaminofen ist, können Sie ja (ausreichende Menge an Schornsteinen vorausgesetzt) noch einen zusätzlichen Ofen anschließen, vorzugsweise in Ihrer →Werkstatt. Das gibt der Werkstatt einen Hauch von Gemütlichkeit, und außerdem fällt dort das Meiste an Holzabfall an.

Öl

1. Brennmaterial für die →Heizung, wird zu tagesaktuellen Preisen gehandelt. Meist kauft man das Öl im Sommer zu absoluten Nebensaisontiefstpreisen, um dann im November festzustellen, dass auch Nebensaisontiefstpreise noch mal kräftig fallen können (→Mist).

2. Universell einsetzbares Schmiermittel, verringert die Reibung zwischen Oberflächen, was bei Ihnen zu heftigen Gesäßschmerzen führt, wenn mal ein Tropfen Öl auf den Fußboden getropft ist.

Overall

Um bei Malerarbeiten vor Farbspritzern geschützt zu sein, trägt der →Heimwerker einen Overall, der seine Kleidung komplett bedeckt. Na ja, fast komplett. Bis auf den zur Belüftung geöffneten Reißverschluss, den Riss am linken Ärmel und die geplatzte Naht am Hosenboden.

Partykeller

In Jahren geplante Ausbaustufe Ihres →Kellers. Für den →Heimwerker ideal, weil er dort relativ ungestört tolle Projekte anfangen und dann monatelang liegen lassen kann, ohne dass gleich jemand wieder drüberstolpert. Dieses Prinzip heißt »Aus den Augen, aus dem Sinn.«.

Pinsel

Gerät zum flächigen Auftragen von →Farbe. Es gibt für jede Art von Farbe auch einen speziellen Pinsel und für jedes Werkstück die passende Pinselgröße, so dass Sie in der Praxis in der Regel den falschen Pinsel zur Hand haben. Das Reinigen dauert immer genauso lange wie das eigentliche Streichen. Pinsel werden gerne in einem Topf mit → Pinselreiniger stehen gelassen, was ihnen die typische Bananenform verleiht.

Pinselreiniger

Leichtflüchtiges Gemisch aus verschiedenen Chemikalien, zum Reinigen von → Pinseln gedacht. Ist so flüchtig, dass die Dose immer leer ist. Daher im Gebrauch etwas teurer als der Kauf von neuen Pinseln. Sorgt für farbenfrohe Verpuffungseffekte, wenn Sie bei der Arbeit rauchen. Selbstredend, dass man für → Lacke eine andere Sorte Pinselreiniger kaufen muss als für → Farben.

Pinzette

Universelles Arbeitsgerät zum Arbeiten mit kleinen Teilen wie → Schrauben, → Muttern oder → Holzsplittern. Ist unheimlich nützlich und findet daher immer einen Weg aus dem → Werkzeugkasten ins Kosmetikzeug Ihrer → Ehefrau oder ins Spielzimmer Ihrer → Kinder. Je schmerzhafter der Holzsplitter in Ihrem → Daumen, desto länger dauert die Suche nach der Pinzette.

Pfusch

Umgangssprachliche Bezeichnung für die mangelhafte Ausführung einer handwerklichen Tätigkeit durch eine Person mit unzureichenden Fachkenntnissen, also genau das, was Sie für den nächsten Samstag geplant hatten.

Presslufthammer

Ganz klar eine neue Leistungsklasse an Heimwerkergeräten. Erlaubt das Aufstemmen oder Abreißen von → Wänden. Erlaubt das Tieferlegen des → Kellers. Erlaubt das Abstemmen aller → Fliesen in Bad und WC. Erlaubt den Abriss der → Garage samt Garageneinfahrt. Und das alles in nur zweieinhalb Stunden – wenn, tja, wenn die → Ehefrau den Kauf erlaubt hätte.

Profiwerkzeug
Werkzeug in gehobener Güteklasse und sehr gehobener Preisklasse. Stabil, teuer, schwer, teuer, robust, teuer und sehr begehrt – aber teuer. Deshalb sollten Sie sich zwei Werkzeugsätze anschaffen: einen Satz Profiwerkzeug für den Eigengebrauch – und einen Normalsatz zum Ausleihen an Bekannte.

Pümpel
Auch Saugglocke (mit zwei »g«!) genanntes Gerät aus einer Gummiglocke und einem Holzstiel, dient zur Beseitigung von Verstopfungen in →Abflüssen. Auch ein beliebtes Zubehör für Partyspiele: Wer kann den Pümpel so ans →Fenster werfen, dass er an der →Glasscheibe haften bleibt? Anschließend: Wer kann eine neue Glasscheibe einbauen, während es draußen stürmt und in Strömen regnet?

Quatsch

1. Kommentar des →Heimwerkers zu einem gut gemeinten Verbesserungsvorschlag der →Ehefrau. 2. Kommentar des →Handwerkers zu einem gut gemeinten Verbesserungsvorschlag des Heimwerkers. 3. Kommentar der Ehefrau zu einem gut gemeinten Versöhnungsangebot des Heimwerkers.

Quaufel

Ein Druckfehler. Eigentlich müsste dieses Wort »Schaufel« heißen und ganz woanders stehen. Leider wurde dieser Fehler erst nach Drucklegung dieses Buches bemerkt, als es für eine Korrektur schon zu spät war. Außerdem werden die Artikel unter »Q« in Lexika sowieso meist überlesen.

Raspel

Gerät zum schnellen und groben Bearbeiten von →Holz, hat im Gegensatz zur →Feile einzelne Zähnchen. Deshalb können Ihre →Kinder mit einer Raspel am Wohnzimmerschrank in kürzerer

Zeit mehr Schaden anrichten, als wenn sie eine Feile benutzt hätten.

Raufasertapete
Spezialfall einer →Tapete, sehr beliebt, weil man beim →Tapezieren nicht auf irgendwelche Muster achten muss. Wird zwangsläufig mit →Farbe überstrichen, was kleine Fehler beim →Tapezieren locker kaschiert. Wird hergestellt, indem man mit einer Dampfwalze Reiskörner zwischen zwei Papierbahnen plattwalzt. Billige Nachahmungen enthalten allerdings nur →Sägemehl.

Raumspartreppe
Für den →Dachausbau erforderliche Sparform einer Treppe, entstanden aus der Not, dass einfach kein Platz war. Der Konstrukteur ließ sich seinerzeit von zwei Vorbildern instruieren: Von einer Hühnerleiter und von einer Rutschstange bei der Feuerwehr. Raumspartreppen können nur bis Schuhgröße 34 benutzt werden, ohne sich beide Beine zu brechen.

Renovieren

Das Instandsetzen einer Immobilie unter hohem Einsatz von Muskelkraft und Zeit. Kostet nur doppelt so viel Geld wie ein Totalabriss und Neuaufbau. Gibt dem →Heimwerker aber Gelegenheit, seine ganzen →Werkzeuge mal in Aktion zu setzen. Wird daher gerne auch zum Thema von Baumarkt-Werbefilmen. Deshalb: Frisch auf ans Werk, aus jedem noch so verfallenem Objekt kann Ihr Traumhaus werden!

Rohrzange

Salopp auch Wasserpumpenzange genannt. Spezielle →Zange zum beschädigungsfreien Festhalten von Rohren. Na ja, zumindest in der Theorie. Je nach Einstellung rutscht entwederdas Rohr durch oder es wird zu Mus zerquetscht. Denn die langen Griffe verleihen unter Ausnutzung aller physikalischen Tricks und Kniffe selbst dem schwächlichsten →Heimwerker eine Kraft wie ein außerirdischer Killerroboter.

Rost

Dekorativer, orangebraunroter Überzug von allen Oberflächen aus Eisen oder Stahl. Bildet sich in Gegenwart von Luft und

Wasser in Sekundenschnelle. Verschmutzt Kleidung und →Beton im Nu. Ist viel weicher als Stahl, weshalb Sie beim Betreten der rostigen →Leiter besondere Vorsicht walten lassen sollten. Erfordert stundenlanges Abbürsten mit der →Stahlbürste. Besser, Sie greifen zum →Rostlöser.

Rostlöser
Chemische Keule gegen Rost. Entfernt innerhalb weniger Monate völlig selbsttätig die Rostschicht, an der Sie sonst mühevoll mindestens zehn Sekunden mit der →Stahlbürste arbeiten müssten. Leider nicht sehr ergiebig, muss öfter nachgekauft werden.

Rostschutzfarbe
→Farbe, um eine Rostschicht vor dem Abfallen zu schützen. Ist meistens orangerot, damit man die Roststellen besser sieht.

Rostumwandler
Revolutionäres Prinzip geheimer Alchemistenbünde. Wird auf →Rost aufgetragen und verwandelt diesen in blankes und rostfreies Eisen zurück. Gibt es auch für die Verwandlung von Blei in Gold, erhältlich in jedem gutsortierten →Baumarkt.

Säge
Zahnbesetztes Metallgerät zum Trennen von Werkstücken. Mit der passenden Säge lassen sich nahezu alle Materialien durchsägen, egal, ob →Holz, Eisen, →Stein oder gefrorener Truthahn. Dabei entsteht viel Abfall. Faustregel: Ein Drittel Abgesägtes, ein

Drittel Fehlschnitte und ein Drittel →Sägemehl. Durch eine Laune der Natur ist das letzte Drittel stets das größte.

Sägemehl

Besteht aus →Sägespänen. Fällt allerdings in so riesigen Mengen an, dass die Entsorgung zum Problem wird. Liegt dann in großen Haufen auf der →Baustelle herum. Wird von der →Ehefrau des →Heimwerkers zu Baumkuchen verarbeitet.

Sägespäne

Abfallmaterial beim Sägen von →Holz. Während die meisten Sägespäne sich in Form von →Sägemehl zusammenrotten, verteilt sich der Rest unweigerlich im gesamten Haus, leider auch in nennenswerten Mengen auf dem →Wohnzimmerteppich. Verbessert die →Brotzeit in geschmacklicher Hinsicht nicht wirklich.

Sand

So was Ähnliches wie →Kies, aber ohne Steine. Bleibt übrig, wenn man beim Arbeiten mit →Schleifpapier das ganze Papier durchgeribbelt hat. Wird zusammen mit →Wasser und →Zement zu einer →Mörtel genannten Pampe durchgerührt. Dabei verteilt sich der Sand gleichmäßig im ganzen Haus. Nicht verbrauchter Sand wird in großen Haufen vor Ihrer →Garage gelagert, wo Ihre →Katze Ihnen zeigt, was man mit Sand noch machen kann.

Sauna

Was wäre der →Heimwerker ohne eine – natürlich selbstgebaute – Sauna im Keller? Hier kann man stundenlang schwitzen, schon bereits beim Aufbau, wenn die einzelnen Elemente nicht zueinander passen. Den Anschluss des Saunaofens sollten Sie einem →Elektriker überlassen, weil der Umgang mit →Starkstrom gewisse Tücken birgt. Oder wollen Sie wirklich, dass in Ihrem Viertel jedes Mal die Lichter ausgehen, wenn Sie Ihren Saunaofen einschalten?

Schaltafel

Profimaterial zum →Einschalen beim Betonieren. Im →Baumarkt für teures Geld erstanden, verwandelt sich die ursprünglich babypopozarte Oberfläche nach dem ersten Kontakt mit →Beton sofort in eine graue, rissige, spröde, mit →Zement bedeckte Kraterlandschaft, so dass Sie von einem zweiten Einsatz im Bereich →Sichtbeton dankend Abstand nehmen (siehe auch →Brennholz).

Schere

Zweischneidiges Gerät zum spanlosen Durchtrennen von Materialien. Wird gerne in den Bauformen »stumpf«, »schartig«, »rostig« und »quietschend« hergestellt. Für die Bauform »verlegt« ist der Heimwerker selbst zuständig. Wird im →Baumarkt gerne als Set in verschiedenen Größen angeboten, damit erhöhen Sie Ihre Chance, auch mal eine Schere zu finden. Kleiner Tipp: Suchen Sie mal im Kinderzimmer, im Badezimmerschrank oder im Nähkästchen Ihrer →Ehefrau.

Schlagbohrmaschine

Die große Schwester der →Bohrmaschine. Man kann mit ihr auch Löcher in Stein bohren. Zumindest theoretisch. Solange es sich um weichen Stein handelt. Bei härterem Stein oder gar →Stahlbeton macht die Schlagbohrmaschine zwar viel Lärm, aber die Bohrdauer von einer halben Stunde pro Bohrloch lässt bei Ihnen keine rechte Freude aufkommen. Also: Im →Internet verhökern, ab in den →Baumarkt und einen →Bohrhammer kaufen.

Schleifpapier

Mit →Sand (vornehmerer Ausdruck: »Schleifkörner«) bedecktes Papier zur Glättung von Oberflächen oder zum Abschleifen von →Farbe oder →Lack. Die Schleifkörner sind dabei wesentlich haltbarer als das Papier. Je gröber die Schleifkörner sind, desto schlimmer fallen die Schäden am abzuschleifenden Material aus. Je feiner die Schleifkörner sind, desto länger müssen Sie sich abplagen, bis überhaupt mal irgendwelche Schleifspuren zu finden sind. Clevere →Heimwerker werfen das Schleifpapier gleich weg und holen sich einen →Schwingschleifer.

Schmelzsicherung
Teil im →Sicherungskasten, das – wie der Name schon sagt – schmilzt, wenn die Stromstärke zu groß wird. Ist deshalb nie in ausreichender Anzahl im Haus vorhanden. Gibt es in unterschiedlichen Charakteristiken: »Flink« (schmilzt sofort, wenn die →Bohrmaschine angeschaltet wird) und »Träge« (eher schmilzt die Bohrmaschine).

Schornsteinfeger
Freundlicher Mensch, der zwei- bis dreimal jährlich Ihren Schornstein durchkehrt – bei starker Verschmutzung auch öfter. Typischer Kommentar: »Na, mal wieder viel →Holz im →Kaminofen verbrannt?« Ja, der Gute weiß, was beim →Heimwerker so anfällt ...

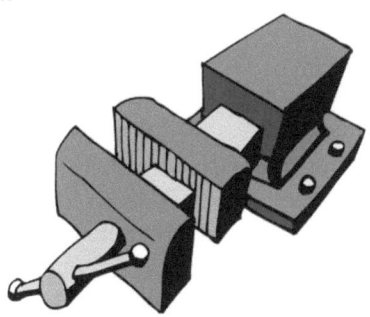

Schraubstock
Schweres, robustes Gerät zum Einspannen von empfindlichen Werkstücken. Durch zu festes Zudrehen zerspringen die eingespannten Teile in tausend Scherben. Rohre werden oval, und →Holz erhält eine charakteristische Prägung durch die Backen des Schraubstocks.

Schraube

Metallstift mit Gewinde. Grundsätzlich unterscheidet man Holzschrauben zum Schrauben in Holz und ähnlichen Materialien und Metallschrauben, auf die eine →Mutter aufgeschraubt wird. Damit es nicht ganz so einfach wird, gibt es auch noch verschiedene Formen des Schraubenkopfes. Wenn Sie mit Schrauben arbeiten, gilt das Gesetz der letzten Schraube: Was auch immer Sie mit Schrauben arbeiten, die letzte Schraube fehlt immer und muss durch eine andere, farblich und in der Kopfform nicht passende Schraube ersetzt werden (dieses Gesetz tritt außer Kraft, wenn Sie eine größere Packung im →Baumarkt erstanden haben, dann bleiben immer genau 24,875 kg übrig).

Schraubenschlüssel

→Werkzeug zum Schrauben von →Schrauben mit Vierkant- oder Sechskantkopf. Erzeugt beim Herunterfallen auf →Beton einen charakteristischen Klang. Der Heimwerkerprofi kann anhand der Tonhöhe die Größe des Schraubenschlüssels erkennen.

Schraubenzieher

Gerät zum Festdrehen oder Lösen von →Schrauben. Nachdem es viele verschiedene Bauformen von Schrauben gibt, brauchen Sie auch entsprechend viele Schraubenzieher. Wirklich gut sehen zehn Schraubenzieher nebeneinander an Ihrem →Werkzeuggürtel aus. Je fester übrigens eine Schraube sitzt, desto schlechter passt der Schraubenzieher und desto eher zerstören Sie beim Löseversuch Schraube und Schraubenzieher.

Schraubzwinge

Gerät zum Aneinanderpressen von Werkstücken. Besteht aus einem beweglichen Spannbacken, an dem man sich ganz doll die Finger klemmen kann und einer quietschenden, rostigen Spindel, von der schmutziges →Öl auf den →Wohnzimmerteppich tropft.

Schweißbrille

Unentbehrliches Utensil, wenn Sie beim →Schweißen Ihr Augenlicht behalten wollen. Der Augenarzt Ihres Vertrauens berät Sie gerne über die Fülle exotischer Krankheitsbilder, die Sie sich beim Schweißen ohne Schweißbrille zuziehen können. Heimwerkerprofis sparen sich den Kauf eines teuren und nutzlosen →Schweißgerätes und kaufen sich nur eine Schweißbrille, die sie beim Einkaufsbummel im →Baumarkt dekorativ und demonstrativ aus der Brusttasche der →Latzhose baumeln lassen.

Schweißen

Dauerhafte und unlösbare Verbindung von Teilen. Je schiefer die Schweißnaht, desto dauerhafter und unlösbarer wird die Verbindung. Man braucht dazu ein →Schweißgerät, eine →Schweißbrille und alle paar Minuten einen neuen →Wohnzimmerteppich.

Schweißgerät

Ein ungemein professionell wirkendes Gerät zum →Schweißen von Metallteilen. Findet leider kaum Verwendung beim →Heimwerker. Konstruktionsbedingt unterscheidet man elektrische Lichtbogenschweißgeräte, mit denen Sie den →Wohnzimmerteppich mit Hilfe eines Funkenregens ruinieren können, von Gasschweißgeräten, die Sie rasch in den Verdacht eines Bankeinbruchs bringen können, wenn Sie sie auf der Rückbank Ihres Wagens liegen lassen.

Schwingschleifer

Feines Elektrogerät zum scheinbar mühelosen Abschleifen von →Farbe. Braucht etwa hundert Blatt →Schleifpapier pro Stunde und macht einen Höllenlärm, während er den Schleifstaub flächig im Haus verteilt. Kann durch die Vibrationen ganz fiese Sehnenscheidenentzündungen verursachen.

Selbstbauregal

Sowohl im →Baumarkt wie auch im Möbelhaus erhältlicher Bausatz eines Regals. Der ambitionierte Heimwerker fühlt sich durch qualitativ hochwertige (und hochpreisige) Bausätze herausgefordert. Qualitativ hochwertige Bausätze erkennt man an folgenden Merkmalen: Die Zahl der Kleinteile stimmt nicht mit der Teileliste überein. Die Zahl der Löcher stimmt nicht mit der Zahl der →Holzdübel überein. Und die Ausrichtung des fertigen Regals stimmt nicht mit der Zimmerwand überein.

Sekundenkleber

Neuartiger →Klebstoff, der nur ein bis zwei Minuten bis zum Abbinden braucht. Hat seinen Namen von dem Phänomen, dass er innerhalb einer Sekunde aushärtet, sobald Sie mit dem Finger drangreifen, um zu fühlen, ob er schon trocken ist. Dann haben Sie eine prima Gelegenheit, um sich von der hohen Klebkraft zu überzeugen.

Shoppingsender

Dauerwerbesender im Fernsehen, auf dem rund um die Uhr Artikel angepriesen werden, die keiner kaufen würde, wenn sie nicht angepriesen werden würden. Oftmals gibt es halbstündige Themenblöcke, um Produkte gleicher Zielgruppe abzusetzen. Mitunter sind die beworbenen Teile Messeneuheiten und so unbrauchbar, dass ein einziges Teil eine volle halbe Stunde beworben wird, bis Sie endlich verstanden haben, wozu es gut sein soll. Fernsehen ist bekanntlich teuer, deshalb versteht es auch jeder, dass die Produkte im Shoppingsender mitunter etwas teurer sind als vergleichbare Produkte im →Baumarkt. Am besten, Sie lassen die Finger ganz von Shoppingsendern, sonst kann es sein, dass ... Halt! Ich kann diesen Eintrag nicht mehr fertig schreiben, gerade kommt Waldo Wuselmeier auf Heimwerkerrundumdieuhrshopping24, und er hat gerade so ein tolles Set →Feilen im Sonderangebot, und er hat eine neue →Kleistermaschine, und, und, und ...

Sicherheitsschuhe

Nahezu unzerstörbare Schuhe mit massiver Gusseisensohle, Stahlkappeneinlage und Drahtseilen als Schnürsenkel. Gewicht: 12,4 kg (je Schuh). Hinterlassen gerne mal Rostflecke auf Ihren Socken.

Sicherung

Kleines Teil im →Sicherungskasten zum Schutz vor erhöhten Stromstärken, je nach Baujahr des Hauses eine →Schmelzsicherung oder ein Sicherungsautomat. Sollte VOR Arbeiten am Stromnetz ausgeschaltet werden. Aber keine Sorge: Wenn Sie das Ausschalten der Sicherung mal vergessen haben, erinnert Sie der →Strom gerne daran.

Sicherungskasten

Kleiner Wandschrank, in dem der →Strom durch die →Sicherungen fließt. Wird traditionell an völlig unzugänglichen Stellen im Haus montiert, gerne im Keller hinter alten Kleiderschränken. Muss so angebracht sein, dass er ohne Licht frühestens nach zehn Minuten gefunden werden kann. Werden →Schmelzsicherungen verwendet, dürfen die Reservesicherungen keinesfalls im gleichen Raum aufbewahrt werden, am besten in einem ganz anderen Stockwerk.

Sichtbeton

Sozusagen die Steigerungsstufe von →Beton. Die Oberfläche von Sichtbeton wird weder verputzt noch mit →Holz verkleidet, so dass Sie jeden auch noch so kleinen Fehler der →Einschalung oder das dummerweise vergessene →Stampfen des Betons noch in Jahrzehnten in aller Deutlichkeit vor Augen haben. Je schlimmer die Oberfläche aussieht, desto härter wird der Beton. Deshalb ist schlampig ausgeführter Sichtbeton seit Jahren ein gerne zum Schneiden von Diamanten eingesetztes Material.

Sonnenschirm

Hat nichts, aber auch gar nichts mit dem Thema Heimwerken zu tun. Ich habe diesen Beitrag nur deshalb hier aufgeführt, weil ich wissen will, ob Sie dieses Buch auch sorgfältig durchlesen. Gut, das scheint zumindest der Fall zu sein. Für den Fall, dass Sie unverhofft über den Inhalt dieses Buches geprüft werden sollten, merken Sie sich mal die Acht.

Spachteln

Wenn Ihnen im Eifer des Gefechts mal die →Feile abrutscht, wenn das dritte →Bohrloch auch beim fünften Versuch nicht in einer Reihe mit den anderen Bohrlöchern liegen will, wenn der Versuch, eine →Wand zu verputzen, nicht so ganz ebene Ergebnisse zeigt, dann, ja dann greift der →Heimwerker zur Spachtel und kaschiert die fehlerhaften Stellen mit einer dicken Schicht →Füllspachtel. Erfahrungsgemäß fällt die Schicht zu dick aus. Siehe auch: →Abschleifen.

Spannungsprüfer

Kleines Prüfgerät, das anzeigt, ob auf einer →Stromleitung →Strom ist. In der Praxis noch mit gewissen Fehler behaftet, zum Beispiel →Glühbirnchen defekt, Kabel gebrochen oder einfach nicht eingeschaltet.

Spanplatten

Universell einsetzbares Baumaterial zum Verkleiden von →Wänden, Decken, Fußböden oder zum Bau von Möbeln. Anfänglich riesig groß, schwer und sperrig, nach mehreren Bearbeitungsschritten mit der →Kreissäge immer kleiner und leichter, zum Schluss etwa zehn mal dreißig Zentimeter groß: Genau die Brennraumgröße Ihres →Kaminofens. Das restliche Material liegt in Form von Sägespänen auf Ihrem →Wohnzimmerteppich. Merkspruch: Dreimal abgeschnitten, und immer noch zu kurz!

Spax-Schraube

Beliebte selbstschneidende Schraube zur Befestigung von →Spanplatten oder →Gipskartonplatten. Wird gerne im →Baumarkt in großen Gebinden wie 25kg-Säcken gekauft, von denen Ihnen nach Beendigung der Arbeit ein (na, raten Sie doch mal!) 24,875kg-Rest übrig bleibt.

Sperrmüll

Je nach Wohnort entweder zu regelmäßigen Terminen oder auf Bestellung stattfindendes Ereignis zum gemeinsamen Projektaustausch. Wenn Sie irgendein Werkstück total ruiniert haben, und es zu groß ist, um es unauffällig in der Mülltonne zu entsorgen, und Sie es auch nicht mit der →Kettensäge kleinsägen können, um es im →Kaminofen diskret zu verheizen, dann stellen Sie es beim Sperrmüll vor die Tür, damit sich ein anderer →Heimwerker des Projektes annimmt. Gleichzeitig streifen Sie durch die Nachbarschaft und schauen, was woanders im Angebot ist. Mit dem Anhänger wird die Beute stolz nach Hause gekarrt. Kurz darauf wird Ihre →Ehefrau entsetzt die Hände über dem Kopf zusammenschlagen.

Spraydose

Scheinbar die optimale Lösung für →Heimwerker, die zu faul zum Reinigen der →Pinsel sind. Leider recht teuer und von üblem Geruch. Nach dem ersten Gebrauch ist die Düse regelmäßig verstopft, so dass die Dose vor dem Wegwerfen nicht völlig entleert werden kann, wie es als Warnhinweis auf der Dose draufsteht. Deshalb bewahren Sie die Dose mal vorsichtshalber auf.

Sprühpistole

→Elektrogerät zum zeitsparenden Aufbringen von →Farbe. Egal, was Sie streichen wollen: Mit einer Sprühpistole sieht es viel professioneller aus. Leider erzeugt die Sprühpistole so viel Farbnebel, dass Sie hinterher die doppelte Zeit brauchen, um den

Farbnebel wieder zu entfernen. Um der Sache vorzubeugen, empfiehlt es sich, alles mit Papier abzukleben, was keine Farbspuren abbekommen soll. Das dauert leider genauso lange wie das Entfernen aller Farbnebelspuren, aber so werden Sie zumindest die ganzen →Baumarktprospekte los.

Stahlbeton
Um das →Bohren in →Beton zu erschweren, gibt man gerne noch Eisen dazu. Hier eignet sich jede Art von Eisenabfällen, gerne auch Draht, Hasenzaun oder Zahnspangen. Durch ein Wunder der Natur wird das zugegebene Eisen viel härter als jeder →Bohrer. Durch ein zweites Wunder der Natur trifft jedes Bohrloch im Stahlbeton immer genau auf das zugefügte Eisen, ganz egal, wo beim Betonieren das Eisen ursprünglich reingeschmissen wurde.

Stahlbürste
Bürste mit Metallborsten, geeignet zum Entfernen von alter →Farbe und von →Rost. Weniger geeignet zum Kämmen Ihrer →Katze. Bitte Vorsicht: Schallplatten erhalten durch kräftiges Reiben mit der Stahlbürste einen besonders platten Schall.

Stampfen
Technik, um →Beton beim Betonieren so zu verdichten, dass der Beton alle Stellen der →Einschalung erreicht und eine ebene, blasenfreie Oberfläche bekommt. Nehmen Sie ein →Brett zum Stampfen, ziehen Sie sich dabei einen →Holzsplitter in den Finger (→Aua), nehmen Sie eine →Pinzette und ziehen Sie sich den Splitter dann wieder raus.

Starkstrom
Auch Drehstrom oder Dreiphasenwechselstrom genannt. Für den →Heimwerker unverzichtbar, da die wirklich kraftvollen und fetzigen Profigeräte nur mit Starkstrom laufen, die stinknormalen 230V-Elektrogeräte sind ja nur Babykram. Im Gegen-

satz zur normalen →Steckdose stehen hier gleich drei Strom-phasen zur Verfügung, was dazu führt, dass der Betrieb von Starkstromgeräten Sie gleich dreimal so teuer kommt.

Stein
Hauptbestandteil der →Mauer. Im Heimwerkerbereich häufig vorkommendes Material, da fest, nicht rostend, unbrennbar und geschmacksneutral. Leider sehr schwer.

Strom
Ist zwar unsichtbar, trotzdem aber vorhanden. Damit also etwas Ähnliches wie →Luft. Macht manchmal Probleme, weil er doch nicht vorhanden ist. Dann braucht man einen →Spannungs-prüfer. Vorsicht: Kabel ohne Strom sehen genauso aus wie Kabel mit Strom. Letztere fühlen sich allerdings anders an. Zu Risiken und Nebenwirkungen lesen Sie die Gebrauchsanweisung, oder fragen Sie Ihren Arzt oder →Elektriker.

Stromleitung
Von →Strom durchflossenes Kabel, verläuft oftmals genau unter einem →Bohrloch. Verbindet →Sicherungskasten und →Steck-dose, Lichtschalter oder →Lampe, niemals jedoch Sicherungs-kasten und →Wasserhahn. Es gibt genaue Regeln, welchen Verlauf eine Stromleitung →unter Putz nehmen sollte. Aber was sind schon Regeln? Regeln sind dazu da, dass man sie bricht!!!

Steckdose
Anschlussstelle für elektrische Geräte. Ist in der Regel so weit vom anzuschließenden Gerät entfernt, dass auf eine →Kabel-trommel zurückgegriffen werden muss. Wird auch gerne beim Verkleiden der →Wand mit →Gipskartonplatten vergessen, so dass es in Zukunft im Zimmer recht finster bleibt. Sollte im Bad möglichst weit weg vom →Wasserhahn installiert werden, da →Wasser und →Strom natürliche Feinde sind.

Stemmeisen

Auch Stecheisen oder Beitel genanntes →Werkzeug zum Abheben von Holzspänen. Das Arbeiten mit dem Stemmeisen sieht ganz einfach aus. Weil Sie aber dummerweise nicht auf die Richtung der Holzmaserung geachtet haben, können Sie gleich zum →Füllspachtel greifen. Benutzen Sie das Stemmeisen lieber zum Öffnen von →Farbdosen.

Stichsäge

Elektrisch betriebene Säge zum Schneiden von →Brettern, →Spanplatten oder →Arbeitsplatten. Das pendelnde Sägeblatt erlaubt blitzschnelle Richtungswechsel beim Sägen, viel schneller, als Ihnen manchmal lieb ist.

Streichen

1. Aufbringen von →Farbe mit Hilfe eines →Pinsels auf Wände, Decken, Türen, Fensterrahmen, Fußböden und →Wohnzimmerteppiche.
2. Vorbereitung der →Brotzeit durch das Aufbringen von Butter und Marmelade oder von Leberwurst und Senf auf eine Scheibe Brot oder auf eine Brötchenhälfte.
3. Hervorbringen von Musik mittels einer Geige oder eines ähnlichen Instruments. Halt! Erst die →Säge aus der Hand legen!
4. Absagen des Familienurlaubs durch zu teure Material- und Werkzeugeinkäufe im →Baumarkt.

Tacker

Mechanisch oder elektrisch betriebenes Gerät zum Zeit und Kraft sparenden Einbringen von →Nägeln. Hinterlässt Momente von besonders hohem Erinnerungswert, besonders, wenn Sie sich mal versehentlich in den Zeigefinger getackert haben. Sehr professionell wirken Modelle mit längeren Patronen- nein, halt! – mit längeren Nagelgurten, mit denen man sich vorkommt wie Rambo auf Mission im Feindesland. Leider enthalten die Gurte genau 10000 Nägel, wenn Sie also Ihr Bild im Wohnzimmer aufgehängt haben, verbleiben noch genau 9999 Nägel im Gurt.

Tapete

Lange, auf Rollen verkaufte Papierbahnen zur Verschönerung von →Wänden. Beim Einkauf wird entweder eine Rolle zu viel oder eine Rolle zu wenig eingepackt. Die Kunst, Tapeten an die Wand zu bringen, bezeichnet man als →Tapezieren. Scheinbar gleiche Tapeten können sich doch erheblich voneinander unterscheiden, wenn sie unterschiedliche Kennnummern tragen. Das fällt Ihnen aber erst nach dem Tapezieren auf.

Tapetenkleister

Farb-, geruch- und geschmackloses Pulver, das in Wasser eingerührt wird und dann nach 30 Minuten Rühren und kurzer Quellzeit eine klebrigklumpigkleistrige Masse ergibt. Fühlt sich komisch an und schmeckt auch nicht besser. Hält auf Bekleidung und in den Haaren besser als an der →Wand.

Tapezieren

Das Anbringen von →Tapeten an der →Wand. Theoretisch ganz einfach: Mit →Tapetenkleister einpinseln und an die Wand. Deshalb beim →Heimwerker sehr beliebt. Die Tücke des Objekts zeigt sich darin, dass die Tapetenbahn entweder zu kurz abgeschnitten wurde oder dass der Musterversatz nicht beachtet wurde. Nachdem die Tapetenbahn gut durchgeweicht ist, löst sie sich schon beim bloßen Ansehen auf. Verteilen Sie den übriggebliebenen Brei gleichmäßig auf der Wand und pfeifen Sie ein fröhliches Lied dazu. Vorsicht: Zu häufiges Tapezieren vermindert die nutzbare Wohnfläche, insbesondere dann, wenn Sie zu faul sind, die alten Tapeten von der Wand zu lösen.

Tapeziertisch

Ewig langer, in ausgeklapptem Zustand erstaunlich instabiler Tisch, auf dem →Tapeten mit →Tapetenkleister eingepinselt werden. Die Oberfläche ist mit Resten alter Zeitungen und alter Tapeten bedeckt, die in eine harzige Masse alten Tapetenkleisters eingearbeitet sind.

Teppichboden

Auf die Raumgröße abgestimmte, vollflächig mit dem Fußboden verklebte Teppichware. Ist zwar einfach zu verlegen (außer, wenn Sie beim Auftragen des Teppichklebers rauchen, siehe auch: →Notarztwagen), aber schwer zu entfernen. Insbesondere die Reste von Teppichkleber lösen sich nur mit →Dynamit. Außerdem gilt die alte Regel: Der liebe Gott vergibt, der Teppichboden aber niemals. Jeder Fleck, jede Stelle, an der Ihre →Katze mal ihre Krallen gewetzt hat und jedes Zigarettenbrandloch von der letzten Party bleiben jahrzehntelang als Mahnmale an den fälligen Austausch des Teppichbodens.

Trockenbau

Spezielles Verfahren, um eine →Wand zu errichten, wenn man kein Wasser für den →Fertigmörtel hat und das →Bier dafür nicht opfern will.

Türzarge

Der fest in der →Wand verankerte Teil einer Tür, oft auch Türrahmen genannt. Wird mit Hilfe von →Bauschaum in der →Mauer befestigt. Dadurch beult sie sich aus, was ihr ein verwegenes Aussehen verleiht.

Uhrmacherpinzette

Winzig kleine und feine →Pinzette zum Greifen von sehr kleinen Teilen oder zum Entfernen mikroskopisch kleiner →Holzsplitter. Ist entweder gut, dann wird sie sofort von Ihrer →Ehefrau oder von Ihren →Kindern fortgeschleppt, oder sie schließt und greift nicht richtig, dann liegt sie immer griffbereit an ihrem Platz im →Werkzeugkasten.

Unter Putz
Beliebte Verlegemethode für Stromkabel oder Wasserleitungen. Soll – ähnlich wie bei der Ostereiersuche – das Auffinden der versteckten Gegenstände erschweren. Bei der Suche kann ein →Leitungssuchgerät hilfreich sein. Noch einfacher werden die Leitungen gefunden, indem Sie mit der →Bohrmaschine einfach aufs Geratewohl ein Loch bohren.

Verbandkasten
Häufig benutztes Utensil des →Heimwerkers. Enthält neben →Jodtinktur, einer leeren Flasche mit →Baldrian, einer stumpfen →Schere, toten Fliegen und zu wenig Pflaster auch die Telefonnummer des →Notarztwagens. Es heißt übrigens Verbandkasten und nicht, wie so oft falsch gesagt, Verbandskasten. Es heißt ja auch nicht Bratspfanne.

Verblendsteine
Steine zum Aufkleben auf die →Wand, um ihr ein edleres oder rustikaleres Aussehen zu geben. Gerne beim →Kellerausbau verwendet. Bestehen nicht nur aus Weichplastik, sondern riechen auch so. Können aus drei Metern Entfernung aber durchaus auch für echte Steine gehalten werden, vorausgesetzt, Sie sind extrem kurzsichtig und haben Ihre Brille gerade in den Altglascontainer geworfen.

Verkäufer

Angestellter im →Baumarkt. Je dringender Sie einen Artikel suchen, desto weniger Verkäufer sind in dieser Abteilung zu sehen. Zur Ausbildung gehören folgende Sätze: 1. Da kann ich Ihnen nichts dazu sagen, ich bin nicht aus dieser Abteilung. 2. Dieser Artikel ist im Moment nicht da, aber schon bestellt. 3. Kein Problem, nehmen Sie doch stattdessen diesen Artikel, damit geht's auch.

Verkleidung

Wenn eine →Wand beim →Mauern zu schief geraten ist oder durch das zu häufige Aufkleben von →Tapeten deformiert wurde, kann man diese Wand auch mit →Holz verkleiden. Nageln Sie einfach solange →Bretter drauf, bis man den ursprünglichen Wandverlauf nicht mehr erkennen kann.

Verputzen

1. Umgangssprachlich für beschleunigte Nahrungsaufnahme.
2. Das Aufbringen von →Mörtel auf Wände, um eine glattere Oberfläche zu erzielen (besonders wichtig bei selbst gemauerten Mauern, um gewisse Unebenheiten zu kaschieren). Sieht leicht aus, ist es aber nicht. Am besten, Sie verputzen nur die Stellen,

vor denen mal ein großer Schrank stehen soll. Sichtbare Flächen überlassen Sie besser einem →Handwerker.

Verstopfung

1. Gefürchteter Zustand des →Heimwerkers durch falsche Auswahl der Bestandteile der →Brotzeit. 2. Gefürchteter Zustand von →Spraydosen oder Dosen mit →Bauschaum. 3. Besonders gefürchteter Zustand von Abwasserleitungen, muss doch schon wieder der →Installateur zu Hilfe gerufen werden.

Vorschlaghammer

Großer, sehr schwerer →Hammer zum Einreißen von →Mauern und →Wänden. Auch sehr hilfreich, sollte der hinzugezogene →Handwerker nicht auf Ihre Vorschläge, Ideen und Wünsche eingehen.

Vorstreichfarbe

→Farbe, die wirklich völlig unansehnlich ist, zum Beispiel Dunkelstumpfrot, Hellschlammdreckigweiß oder Verdorbenschimmelpilzgrün. Weil kein Mensch diese Farbe kaufen würde, wird sie psychologisch geschickt als Vorstreichfarbe verkauft, mit der man das Werkstück zuerst streicht, um es dann mit einer schönen Farbschicht eigener Wahl so zu überziehen, dass die Vorstreichfarbe weder rausguckt noch durchschimmert.

Wand

siehe →Mauer

Wasser

Beim Heimwerken häufig verwendetes Element, sei es zum Anrühren von →Beton, zum Abwaschen von →Farbe oder zum Fluten des →Kellers. Wird hergestellt, indem man viel →Bier trinkt und anschließend die Toilette benutzt. Bitte beachten: Wasser und →Strom sind natürliche Feinde.

Wasserhahn

Die Stelle, wo das →Wasserrohr aus der Wand kommt und über dem Waschbecken endet. Mit der häufigste Grund für den Heimwerkereinsatz: die Dichtung wird mit der Zeit undicht und der Wasserhahn beginnt zu tropfen. Eigentlich sollte es kein Problem sein, so eine Dichtung zu wechseln ... ... manchmal aber eben doch, wie Ihnen die dann unvermeidliche →Handwerkerrechnung signalisiert.

Wasserrohr

In der →Wand →unter Putz verlegtes Rohr zum Durchleiten von →Wasser. Zieht die →Bohrmaschine magisch an. Das dabei entstehende Loch zieht den →Installateur magisch an.

Wasserrohrbruch

Maximalkatastrophe für den Heimwerker: Das →Wasserrohr bricht, und das →Wasser strömt ungehindert in großen Mengen aus. So ein Wasserrohrbruch kann Ihren →Keller in überraschend kurzer Zeit fluten, so dass Sie nur noch mit dem Schlauchboot an Ihre →Werkbank kommen. Wohl dem, der dann noch ein paar leere →Farbeimer zum Wasserschöpfen in Reserve hat.

Wasserwaage

1. Küchengerät zum Abwiegen von Flüssigkeiten. 2. Werkzeug zum horizontalen oder vertikalen Ausrichten von Werkstücken. Enthält ein Glasrohr mit einer Luftblase in einer durchsichtigen, früher mal leuchtgrünen Flüssigkeit. Wenn die Luftblase genau

zwischen den mit den Jahren stark abgeblassten dünnen Strichen steht, ist die Wasserwaage genau waagrecht – nicht zwingend jedoch das zu montierende Werkstück.

Werkbank

Großer, stabiler Tisch, auf dem sich angefangene Bastelarbeiten, →Sägespäne, verlorene →Schrauben und allerlei →Werkzeug über zerbrechlichen Dingen wie →Glühbirnen türmen. Deshalb werden die meisten Arbeiten auch auf dem Fußboden ausgeführt.

Werkzeug

Sammelbegriff für alles, was der →Heimwerker so brauchen kann, aber nicht als Material verwendet. Werkzeug kann man gar nicht genug haben, weiß der Heimwerker – und der →Baumarkt auch. Werkzeug gibt es in vielen Preisklassen: Vom Niedrigpreissegment, in dem sich die Werkzeuge schon im Einkaufswagen verbiegen, bis hin zum absoluten →Profiwerkzeug, das auch nach zwanzig Jahren ständigen Gebrauchs immer noch blitzt und blinkt wie am ersten Tag. Leider wird dieses auch zwanzig Jahre lang abgezahlt.

Werkzeuggürtel

Vorrichtung aus Leder, die es dem Heimwerker ermöglicht, 90 Prozent aller seiner Werkzeuge direkt am Mann zu haben. Macht einen ungemein professionellen Eindruck. Leider ist das Werkzeug, das man gerade braucht, nicht am Werkzeuggürtel, sondern auf der Werkbank – unter einem Stapel anderer Werkzeuge.

Werkzeugkasten

Tragbarer, ausklappbarer Kasten zur Aufbewahrung und zum Transport von →Werkzeug. Weil Werkzeug gerne aus Stahl ist und Sie ziemlich viel Werkzeug haben, ist der Kasten gerade eben noch tragbar. Wenn Sie den Werkzeugkasten mal ausgepackt und alle Teile mal benutzt haben, stellen Sie beim Einpacken

leidvoll fest, dass ein Ganzes sehr wohl mehr als die Summe
seiner Teile sein kann.

Werkzeugkiste
Wenn →Werkzeuggürtel, →Werkzeugkasten und →Werkzeug-
schrank nicht zur Aufbewahrung aller →Werkzeuge ausreichen:
Suchen Sie sich einfach irgendeine alte geräumige Kiste, kehren
Sie die überschüssigen Werkzeuge auf dem Fußboden zusammen
und ab damit in die neue Werkzeugkiste. Durch den Einfluss der
Schwerkraft wandern die kleinen Teile ganz von alleine nach
unten, so dass die Kiste optimal befüllt werden kann.

Werkzeugschrank
Großer, solider Schrank zur Aufbewahrung von →Werkzeug und
→Sägespänen. Hat Metalltüren, damit man den →Magneten
dranwerfen kann. Steht in der →Werkstatt auf dem Boden, weil
Sie noch keine Zeit hatten, ihn an der →Wand aufzuhängen.

Werkstatt
Da meist im →Keller gelegen, auch Werkkeller genannt. Raum,
der komplett mit →Werkbänken, →Werkzeug, →Baumaterialien
und →Sägespänen gefüllt ist, so dass Sie für allfällige Bastelarbeiten lieber ins Wohnzimmer ausweichen. Etwas mehr Platz
in der Werkstatt könnten Sie haben, wenn Sie mal das ganze
Werkzeug in die →Werkzeugschränke räumen würden, die Sie
nur noch an der →Wand aufhängen müssten, wofür Sie aber
gerade keine passenden →Dübel haben, weshalb Sie gerade nur
mal schnell in den →Baumarkt fahren müssten ... ... na, der
Samstag ist gerettet.

Winkelschleifer
Elektrogerät, mit dem man mittels einer rotierenden Schleifscheibe Material abschleift oder durchtrennt. Je nach Material-
härte schleift sich auch die Schleifscheibe ab, manchmal
schneller als das Werkstück. Winkelschleifer sind aber vor allem

eines: Laut. Deshalb holen Sie Ihren Winkelschleifer auch gerne heraus, wenn Ihre Schwiegermutter gerade zu Besuch ist und ihre Lieblingssendung im Radio hört.

Wohnzimmerteppich

Recht teures, flauschiges Stück Stoff, das eigentlich nur den Boden Ihres Wohnzimmers bedecken sollte. Sieht edel aus und hat auch dementsprechend viel Geld gekostet. Weil in Ihrem →Keller so viel Gerümpel auf dem Boden liegt, und weil Ihre →Ehefrau Sie dauernd aus der Küche scheucht, bleibt leider für Ihre Projekte nur noch das Wohnzimmer. Dort liegt allerdings der Wohnzimmerteppich auf dem Boden, der bei dieser Gelegenheit rasch das Opfer Ihrer handwerklichen Fähigkeiten wird. Nach diversen Unfällen mit →Farbe, →Schere und →Stichsäge und nach zu üppigem Kontakt zu →Sägespänen sieht er nicht mehr ganz so edel aus. Schweren Herzens werden Sie sich von ihm trennen müssen: Der nächste →Sperrmüll kommt bestimmt. Dank der Inflation dürfte ein neuer Wohnzimmerteppich noch etwas teurer werden.

Zahnrad

Wichtiges Bauteil von Maschinen aller Art, dient zur Übertragung von Drehbewegungen. Leider gelegentlich mit Zahnausfall behaftet, worunter dann die Übertragung besagter Drehbewegungen leidet. Wenn Sie versuchen sollten, das Zahnrad zu wechseln: Die Chance, ein Zahnrad passender Größe mit passender Zahnzahl und passender Zahngeometrie zu finden, ist genauso hoch wie die Chance eines üppigen Lottogewinns.

Zange

→Werkzeug, um Material in die Zange zu nehmen. Gibt es in sehr vielen Formen und Farben im →Baumarkt. Leider gibt es keine universell verwendbare Zange, so dass der →Heimwerker stets ein Sammelsurium von etwa zwanzig verschiedenen Zangen mit sich führt.

Zement

Feinpulveriges Material, zur Herstellung von →Beton oder →Mörtel unverzichtbar. Kommt in Säcken daher, die viel schwerer sind, als sie aussehen. Ist so feinpulverig, dass man beim Verarbeiten sofort völlig eingestaubt wird. Verleiht daher der →Brotzeit einen typischen Geschmack. Härtet in Gegenwart von →Wasser aus, gerne auch mal in Gegenwart von Luftfeuchtigkeit.

Zementmischer

Laute und sperrige Maschine zum Mischen von →Beton oder →Mörtel. Ist meistens völlig überdimensioniert, zumal nur ein →Eimer voll Mörtel gebraucht wird, sieht aber ungemein professionell aus. Besonders mit orangefarbenen Exemplaren können Sie ungemein Eindruck schinden. Braucht in Ihrer →Garage in etwa so viel Platz wie ein Kleinwagen.

Ziege

Hat nichts mit dem →Ziegelstein zu tun. Hat übrigens auch gar nichts mit dem →Heimwerker zu tun. Aber ich hatte ein sooo niedliches Bild dazu. Das musste ich einfach ins Buch bringen.

Ziegelstein

Auch →Backstein genannt. Besteht aus gebranntem Lehm oder Ton oder ähnlichem Material, Hauptsache, es ist schreiend rot. Wird in den →Mauern verwendet, bei denen beim Bohren mit der →Schlagbohrmaschine deutliche Hinweise auf die geleistete

Arbeit entstehen sollten. Verteilt sich daraufhin als →Bohrstaub flächig im ganzen Haus.

Zimmermannsbleistift

Der große Bruder des normalen →Bleistifts. Hat einen ovalen Querschnitt, damit Sie ihn nicht in einem Spitzer anspitzen können. Stattdessen brauchen Sie ein scharfes →Messer. Durch einen Anspitzvorgang verlieren sowohl Zimmermannsbleistift wie auch Messer zwei Zentimeter an Länge. Wenn Sie Pech haben, auch Ihr Zeigefinger.

Zoll

1. Altes deutsches oder englisches Längenmaß, wird traditionell noch bei Rohren oder Schläuchen verwendet. Lässt sich nicht in Zentimeter umrechnen (ähnlich wie sich die genaue Fläche eines Kreises wegen der Zahl Pi auch nicht berechnen lässt). Daher passen Rohre oder Schläuche nie ganz exakt aufeinander, und es

tritt immer etwas →Wasser aus. 2. Behörde, mit der Sie in Konflikt kommen, wenn Sie in einem →Baumarkt im Ausland zu üppig eingekauft, dies bei der Einreise aber zu spärlich angegeben haben. Sind Sie nicht in der Lage, das geforderte Geld zu entrichten, werden Sie durch Schläge mit dem →Zollstock auf den Hosenboden bestraft.

Zollstock

174 cm langes, einklappbares Holzgebilde zum Abmessen von Strecken. Mit den Jahren unleserlich gewordene Millimeter-Einteilung. An einem Ende gezackte Abbruchkante bei 18 cm, am anderen Ende bei 8cm versehentlich mit der →Kreissäge abgeschnitten. Die Metallscharniere sind seit dem letzten unfreiwilligen Vollbad im Mörteleimer rostig und dadurch leicht schwergängig.

Wenn Sie dieses Heimwerkerlexikon aufmerksam durchgelesen haben, sollte es Ihnen keine Mühe machen, folgende **Prüfungsfragen** zu beantworten:

1. Wie lang ist ein Zollstock?
a.   220 cm
b.   174 cm
c.   200 cm
d.   weiß ich nicht

2. Was ist die beeindruckendste Farbe für einen Zementmischer?
a.   rosa
b.   gelb
c.   blau
d.   orange

3. Was fällt Ihnen beim Thema Sonnenschirm ein?
a.   Zement
b.   acht
c.   Akkuschrauber
d.   Gaskartusche

4. Welche Nebenwirkung tritt bei der Arbeit mit Mineralwolle auf?
a.   Ekliger Geschmack
b.   Pfeifen in den Ohren
c.   Gewichtszunahme
d.   Höllisches Jucken

5. Was ist das Hauptproblem an Handwerkerrechnungen?
a.   hoch
b.   zu hoch
c.   viel zu hoch
d.   irre viel zu hoch

Richtige Antworten: 1 b, 2 d, 3 b, 4 d, 5 d (aber nicht spicken!!)

Auswertung:

5 richtige Antworten: Sehr gut, Eins mit Sternchen. Tragen Sie Ihren Namen in nachfolgende Urkunde ein. Ab jetzt haben Sie das Sagen, wenn es um Heimwerkerfragen geht. Wenn Sie sich einen Overall anziehen, eine Schweißbrille aufsetzen und dieses Buch im Baumarkt vorzeigen, bekommen Sie dort zur Belohnung auf alles 25 Prozent Rabatt. Außer auf Tiernahrung.

4 richtige Antworten: Gut, auch für Sie gibt es eine Urkunde. Gegen Vorlage dieses Buches im Baumarkt bekommen Sie dort entweder einen Eimer unsichtbare Farbe oder ein Akkuschrauber-Verlängerungskabel.

3 richtige Antworten: Befriedigend. Geben Sie sich beim nächsten Mal mehr Mühe. Ich glaube nicht, dass es dafür eine Urkunde gibt. Gehen Sie zur Strafe in Ihren Werkzeugkeller und spitzen Sie ein paar Zimmermannsbleistifte an.

2 richtige Antworten: Sehr dünn. Schämen Sie sich. Wehe, Sie füllen die Urkunde aus! Nehmen Sie Ihre Kreissäge und sägen Sie Ihren Wohnzimmertisch kurz und klein.

1 richtige Antwort: Arbeiten Sie dieses Buch noch mal sorgfältig durch, machen Sie sich gegebenenfalls Notizen. Sieben Sie drei Kubikmeter Kies durch und sortieren Sie die Kieselsteine nach Geschmack, Farbe und Durchmesser.

keine richtige Antwort: Sie haben gar nichts verstanden. Kaufen Sie sich dieses Buch noch mal (vielleicht sogar besser zweimal, sicher ist sicher) und lesen Sie es Zeile für Zeile. Bis dahin helfen Sie Ihrer Ehefrau beim Wäschebügeln.

Urkunde

_____
(hier Ihren Namen eintragen)

hat das Buch »Heiteres Heimwerkerlexikon« sowohl erfolgreich **gelesen*** als auch **verstanden***.

Er/Sie* gilt ab sofort als ausgewiesener **Experte** in allen Heimwerkerfragen und hat daher in jeder Diskussion in Heimwerkerdingen automatisch Recht.

Dies gilt sowohl für Dispute im **Baumarkt** wie auch für Wortgefechte mit **Handwerkern**. Dabei ist es ihm/ihr* auch erlaubt, jederzeit das letzte Wort zu behalten.

Außerdem hat er/sie* das Vorrecht, ihm/ihr* zu hoch erscheinende **Handwerkerrechnungen** nach Belieben um einen ihm/ihr* genehmen Betrag zu kürzen.

*Nichtzutreffendes streichen

Hat Ihnen dieses Buch gefallen? Würden Sie gerne mehr davon lesen?

Das Gartenlexikon aus der Heiteren Lexikon-Reihe »Nimms mit! Humor.« von Torsten Buchheit für Menschen mit grünem Daumen.

Amüsant und liebevoll ironisch gibt der Autor humorvolle Erklärungen für über 300 Fachbegriffe aus der Welt des Hobbygärtners: von Aasgeier über Dynamit, Komposthaufen, Rasenmähen und Stinktier bis Zwiebel, ergänzt durch schwungvoll gezeichnete Illustrationen.

BoD – Books on Demand, Norderstedt
ISBN: 9783744874953

Mehr Informationen auf der Autorenwebsite:
www.NIMMSmitHUMOR.de